D0015911

Julie Paschkis art—Uncle Sam on bike

This book is one of fifteen awarded as part of

the 2007 **We the People Bookshelf** on the **Pursuit of Happiness**

Presented by the National Endowment for the Humanities (NEH) in cooperation with the American Library Association (ALA). NEH and ALA gratefully acknowledge support from Scholastic Inc. for the 2007 Bookshelf.

www.neh.gov   www.ala.org

Esperanza

renace

PAM MUÑOZ RYAN

SCHOLASTIC INC.

New York   Toronto   London   Auckland   Sydney
Mexico City   New Delhi   Hong Kong   Buenos Aires

Originally published in English as *Esperanza Rising*.

Translated by Nuria Molinero.

ISBN 0-439-39885-1

12   11   10   6   7/0

Printed in the U.S.A.

First Scholastic Spanish printing, September 2002

CANASTOS DE UVAS A MI EDITORA,

TRACY MACK, POR ESPERAR PACIENTEMENTE

A QUE CAYERA LA FRUTA.

ROSAS A OZELLA BELL, JESS MARQUEZ,

DON BELL Y HOPE MUÑOZ BELL

POR COMPARTIR SUS HISTORIAS.

PIEDRAS LISAS Y MUÑECAS DE HILO PARA

ISABEL SCHON, PH.D., LETICIA GUADARRAMA,

TERESA MLAWER Y MACARENA SALAS

POR SU COLABORACIÓN Y CONOCIMIENTOS

A LA MEMORIA DE

ESPERANZA ORTEGA MUÑOZ ELGART,

MI ABUELITA

Aquel que hoy se cae, se levantará mañana.

Es más rico el rico cuando empobrece que
el pobre cuando enriquece.

—PROVERBIOS MEXICANOS

1924

—Nuestra tierra está viva, Esperanza —dijo Papá, mientras la llevaba de la pequeña mano por las suaves colinas del viñedo.

Vides frondosas tapizaban los emparrados, y las uvas estaban maduras. Esperanza tenía seis años y le encantaba caminar con su papá por las hileras sinuosas, levantar la vista y ver en sus ojos el amor que él sentía por su tierra.

—Todo este valle respira y está vivo —dijo Papá, señalando las montañas distantes que los protegían—. Nos da uvas y luego ellas nos dan la bienvenida.

Tocó levemente un zarcillo que se asomaba en la hilera y parecía esperar para darle un apretón de manos. Tomó un puñado de tierra y lo observó.

—¿Sabías que cuando te acuestas sobre la tierra la sientes respirar, sientes latir su corazón?

—Papi, quiero sentirlo —dijo.

—Ven.

Caminaron hasta el final de la hilera, donde la inclinación de la tierra formaba una colina cubierta de hierba.

Papá se acostó boca abajo y miró a Esperanza mientras golpeaba ligeramente la tierra.

Esperanza se alisó el vestido y se arrodilló. Luego, como una oruga, se fue acercando a él hasta quedar a su lado. Sobre una de sus mejillas sentía el sol caliente y sobre la otra, el calor de la tierra.

Soltó una risita.

—Shhh —dijo—. Sólo puedes sentir el latido de la tierra si te quedas quieta y callada.

Ella se tragó la risa y después de un momento dijo:

—Papi, no oigo nada.

—Aguántate tantito y la fruta caerá en tu mano —respondió—. Debes tener paciencia, Esperanza.

Esperó, acostada en silencio, observando los ojos de Papá. Y entonces lo sintió. Muy bajito al principio. Un retumbar suave. Luego más fuerte. Un ruido sordo, *tom, tom, tom*, contra su cuerpo.

Podía escuchar el latido que inundaba sus oídos. *Tom, tom, tom.*

Miraba a Papá sin querer decir ni una palabra para no perder el sonido. Para no olvidar el corazón del valle.

Se apretó con fuerza contra el suelo, hasta que su corazón empezó a latir con el de la tierra y con el de Papá. Los tres a la vez.

Sonrió a Papá sin necesidad de hablar. Sus ojos lo decían todo.

Y él sonrió como diciéndole que sabía que ella lo había sentido.

LAS UVAS

Papá le pasó el cuchillo a Esperanza. La hoja era corta y curvada como una guadaña. La gruesa empuñadura de madera se ajustaba perfectamente a la palma de su mano. Esa tarea se reservaba normalmente para el hijo mayor de un ranchero adinerado, pero como Esperanza era hija única, y el orgullo y la dicha de Papá, siempre hacía los honores. La noche anterior había visto a Papá afilar el cuchillo, pasando el filo hacia delante y hacia atrás sobre una piedra, así que sabía cortaba como una navaja.

—Cuídate los dedos —dijo Papá.

El sol de agosto prometía una tarde seca en Aguascalientes, México. Todos los que vivían y trabajaban en El Rancho de las Rosas se habían reunido junto a los viñedos: la familia de Esperanza, el servicio doméstico del rancho con sus largos delantales blancos; los rancheros montados en sus caballos, listos para arrear el ganado, y cincuenta o

4

sesenta campesinos, con sombreros de paja en la mano y sosteniendo sus propios cuchillos. Llevaban camisas de manga larga, pantalones anchos atados con una cuerda a los tobillos y pañuelos en la frente y el cuello para protegerse del sol, el polvo y las arañas. Por su parte, Esperanza llevaba un ligero vestido de seda que le llegaba casi hasta el borde de sus botas de verano y no tenía sombrero. En la cabeza llevaba un lazo ancho de satén cuyos extremos le caían sobre su largo cabello negro. Los racimos maduros se apiñaban en las cepas. Ramona y Sixto Ortega, los padres de Esperanza, estaban a su lado. Mamá, delgada y elegante, como siempre, con el cabello trenzado sobre la cabeza; Papá, apenas un tantito más alto que Mamá, con un bigote canoso con los extremos levantados. Le señaló las vides a Esperanza. Esta se dirigió hacia las parras y cuando miró hacia atrás, a sus padres, ambos sonrieron y asintieron con la cabeza, animándola a seguir. Cuando llegó a las cepas, separó las hojas y agarró con cuidado un tallo grueso. Colocó el cuchillo encima, hizo un movimiento rápido y el pesado racimo de uvas cayó en su mano. Esperanza volvió adonde estaba Papá y le dio el racimo. Papá lo besó y lo sostuvo en alto para que todos lo vieran.

—¡La cosecha! —dijo Papá.

—¡Bravo, bravo! —retumbó un grito de alegría.

Los campesinos se dispersaron por el campo y empezaron a recoger la uva. Esperanza se quedó con sus papás, entrelazó sus brazos con los de ellos y se quedó a admirar la labor de los trabajadores.

—Papi, esta época del año es mi favorita —dijo mientras miraba las camisas de colores de los trabajadores que se movían entre las parras. Las carretas iban y venían de los viñedos a los enormes depósitos donde se guardaban las uvas para llevarlas al lagar.

—¿Será que cuando termine la vendimia alguien cumplirá años y habrá una gran fiesta? —preguntó Papá.

Esperanza sonrió. Cuando los viñedos rendían la cosecha, ella cumplía un año más. Esta vez cumpliría 13. La vendimia duraría tres semanas y luego, como todos los años, Mamá y Papá organizarían una fiesta por la cosecha y por su cumpleaños.

Marisol Rodríguez, su mejor amiga, vendría con su familia para la celebración. Su padre cultivaba árboles frutales y vivía con su familia en la propiedad de al lado. Aunque las casas estaban a varios acres de distancia, ellas se reunían todos los domingos bajo la encina de una colina que había entre los dos ranchos. Sus otras amigas, Chita y Bertina, también vendrían a la fiesta, pero vivían más lejos y Esperanza no las veía tan a menudo. Las clases en el colegio San Francisco no empezaban hasta después de la cosecha, y Esperanza se moría de ganas de verlas. Cuando se juntaban todas, hablaban sólo de una cosa: las fiestas de quinceañeras que celebrarían al cumplir 15 años para presentarse en sociedad. Todavía les faltaban dos años, pero tenían que hablar de los lindos vestidos de fiesta blancos que llevarían, de las grandes fiestas a las que irían y de los hijos de las familias más ricas que bailarían con ellas. Después de la fiesta de quinceañeras ya podrían ser cortejadas, casarse y convertirse en las patronas de su hogar, llegando así a la posición que sus madres ocuparon antes que ellas. Sin embargo, Esperanza prefería pensar que ella y su futuro marido vivirían siempre con Mamá y Papá. Porque no podía imaginarse viviendo en otro lugar que no fuera El Rancho de las Rosas, ni con menos empleados, ni sin estar rodeada de la gente que la adoraba.

~

La cosecha duró tres semanas y todo el mundo esperaba ansioso la fiesta de cumpleaños. Esperanza recordó las instrucciones de Mamá mientras recogía rosas del jardín de Papá:

—Mañana debe haber ramilletes de rosas y cestas con uvas en todas las mesas.

Papá había prometido encontrarse con ella en el jardín y siempre cumplía su palabra. Se agachó para cortar una rosa roja completamente abierta y se pinchó con una espina. De la punta del pulgar brotaron grandes perlas de sangre y automáticamente pensó "mala suerte". Rápidamente se envolvió el pulgar con la esquina del delantal y decidió no seguir pensando tonterías. Luego cortó con cuidado la rosa que la había herido. Al mirar hacia el horizonte, vio desaparecer el último rastro del sol detrás de la Sierra Madre. Pronto caería la noche y un sentimiento de intranquilidad y preocupación la invadió.

¿Dónde estará Papá? Se había marchado por la mañana temprano con los rancheros a trabajar con el ganado. Siempre volvía a casa antes del anochecer, lleno de polvo por las plantas de mezquita, y pateaba con fuerza el suelo del patio para quitar la costra de tierra de sus botas. A veces incluso le traía cecina, carne seca hecha por los rancheros, y Esperanza tenía que encontrarla rebuscando en sus bolsillos, mientras él la abrazaba.

Al día siguiente era su cumpleaños y sabía que al anochecer le darían una serenata. Papá y los hombres que vivían en el rancho se juntarían bajo su ventana para cantarle *Las mañanitas* con sus voces melodiosas. Ella correría a la ventana para lanzarles besos a Papá y a los demás y luego bajaría para abrir sus regalos. Sabía que Papá le regalaría una muñeca de porcelana. Desde que nació, todos los años le regalaba una. Mamá le regalaría algo que ella misma había hecho: sábanas, camisolas o blusas con preciosos bordados. Las sábanas siempre las guardaba en el baúl que había a los pies de su cama para "algún día".

El pulgar de Esperanza no dejaba de sangrar. Recogió la cesta de rosas y corrió al jardín. Se detuvo en el patio para lavarse la mano en la fuente de piedra. Mientras el agua la aliviaba, miró por las enormes puertas de madera que se abrían ante los miles de acres de tierra de Papá.

Esperanza forzó la vista para buscar una nube de polvo que anunciara que los jinetes se acercaban y Papá por fin volvía a casa, pero no vio nada. Bajo la luz del crepúsculo, cruzó el patio y fue a la parte posterior de la enorme casa de adobe y madera. Allí encontró a Mamá que también miraba hacia el horizonte.

—Mamá, mira mi dedo. Me pinché con una espina malvada —dijo Esperanza.

—Mala suerte —dijo Mamá, confirmando la superstición, pero esbozando una sonrisa. Ambas sabían que la mala suerte no pasaba del simple hecho de volcar una jarra con agua o romper un huevo.

Mamá abrazó a Esperanza por la cintura y ambas pasaron la vista por los corrales, establos y cuarteles de los empleados dispersos en la distancia. Esperanza era casi tan alta como Mamá y todo el mundo decía que algún día sería tan linda como ella. A veces, cuando Esperanza se trenzaba el cabello, se lo ponía sobre la cabeza y se miraba en el espejo, se daba cuenta de que lo que decían estaba muy cerca de la verdad. Tenía el mismo cabello negro ondulado y tupido. Las mismas pestañas oscuras y la piel clara y tersa, pero no tenía exactamente el mismo rostro de Mamá porque también tenía los ojos de su papá, que parecían gruesas almendras de color café.

—Sólo se ha demorado un poco —dijo Mamá. Esperanza lo creyó, pero reprendió mentalmente a su papá.

—Mamá, anoche los vecinos le avisaron que había bandidos.

Mamá asintió y se mordió el labio con preocupación. Ambas sabían que aunque estaban en 1930 y la revolución en México había terminado 10 años atrás, todavía había cierto resentimiento contra los grandes propietarios de tierras.

—El cambio no llegó tan rápido como debía,

Esperanza. Los ricos todavía son propietarios de la mayor parte de las tierras, mientras que los pobres no tienen ni un pedazo para cultivar. Mientras en los grandes ranchos el ganado está pastando, algunos campesinos no tienen más remedio que comer gatos. Papá comprende la situación y les ha dado tierras a muchos de sus trabajadores. La gente lo sabe.

—Pero, Mamá, ¿lo sabrán los bandidos?

—Eso espero —dijo Mamá en voz baja—. Ya envié a Alfonso y a Miguel a buscarlo. Esperemos adentro.

~

El té estaba listo en el estudio de Papá y Abuelita también estaba allí.

—Venga, mi nieta —dijo Abuelita, que sostenía hilo y ganchos de tejer—. Estoy empezando una nueva manta y te enseñaré el zigzag.

Abuelita vivía con ellos y era una versión más chica, más anciana y más arrugada de Mamá. Tenía un aspecto muy distinguido con su vestido negro, los aretes de oro que se ponía todos los días y el pelo blanco recogido en un moño sobre la nuca.

Pero Esperanza la quería más por sus caprichos que por su apego a los convencionalismos sociales. Abuelita podía ofrecer en la tarde un té formal a un grupo de señoras y después, cuando se iban, la podían encontrar caminando descalza entre las uvas con un libro en la mano, leyendo poemas a los pájaros. Aunque algunas cosas siempre eran igual, como el pañuelo bordado que siempre asomaba por una manga de su vestido, otras cosas eran sorprendentes: una flor en su cabello, una linda piedra en el bolsillo o un pensamiento filosófico en su conversación. Cuando Abuelita entraba en una habitación, todo el mundo se esforzaba para que estuviera cómoda. Incluso Papá le cedía el asiento.

Esperanza se quejó.

—¿Es que lo único que podemos hacer para quitarnos la preocupación de la mente es tejer?

De todas formas se sentó junto a Abuelita, sintiendo el olor siempre presente del ajo, la menta y los polvos para la cara.

—¿Qué te pasó en el dedo? —preguntó Abuelita.

—Me pinché con una espina —dijo Esperanza.

Abuelita meneó la cabeza y dijo pensativa:

—No hay rosa sin espinas.

Esperanza sonrió. Sabía que Abuelita no se refería a las flores sino a que en la vida siempre había dificultades.

Miró el gancho de tejer bailando de arriba a abajo en la mano de su abuela. Cuando le caía un cabello en el regazo, Abuelita lo recogía y lo tejía junto con el hilo.

—Esperanza, de esta manera mi amor y mis buenos deseos estarán siempre en la manta. Ahora, mira: diez puntos arriba hasta la cima de la montaña. Suma un punto. Nueve puntos abajo hasta el fondo del valle. Salta uno.

Esperanza tomó su gancho de tejer, imitó los movimientos de Abuelita y luego miró lo que había tejido. Las cimas de sus montañas estaban torcidas y los fondos de los valles, abultados.

Abuelita sonrió, se inclinó y tiró del hilo, deshaciendo todas las hileras de Esperanza.

—Nunca temas empezar de nuevo —dijo.

Esperanza suspiró y comenzó de nuevo con diez puntos.

Canturreando bajito, Hortensia, el ama de llaves, entró con un plato de bocadillos. Le ofreció uno a Mamá.

—No, gracias —dijo Mamá.

Hortensia dejó la bandeja, trajo un chal y lo echó sobre los hombros de Mamá. Esperanza no recordaba nunca un momento en el que Hortensia no hubiese estado para cuidarlos. Era una indígena zapoteca de Oaxaca, bajita, maciza, con el cabello negro azulado recogido en una trenza que le caía por la espalda. Esperanza observó a las dos mujeres que miraban hacia la oscuridad y no pudo evitar pensar que Hortensia era casi lo opuesto de Mamá.

—No se preocupe tanto —dijo Hortensia—. Alfonso y Miguel lo encontrarán.

Alfonso, el marido de Hortensia, era el capataz de los trabajadores y el compañero de Papá, su mejor amigo. Tenía la piel igual de oscura que Hortensia y también era bajito. Esperanza pensaba que con sus ojos redondos, sus largas pestañas y el bigote caído parecía un cachorro abandonado. Sin embargo, no era una persona triste. Amaba la tierra tanto como Papá y ambos habían conseguido resucitar la rosaleda abandonada que tenía la familia desde hacía generaciones. El hermano de Alfonso trabajaba en Estados Unidos y Alfonso siempre hablaba de ir allá algún día, pero se quedaba en México por su apego a Papá y a El Rancho de las Rosas.

Miguel era el hijo de Alfonso y Hortensia. Él y Esperanza jugaban juntos desde que eran bebés. A los dieciséis años ya era más alto que sus papás. Tenía la piel oscura, los ojos grandes y soñadores de Alfonso y gruesas cejas que Esperanza pensaba que crecerían hasta convertirse en una sola. Era cierto que él conocía las partes más alejadas del rancho mejor que nadie. Desde que Miguel era un niño, Papá lo había llevado a sitios de la hacienda que ni Esperanza ni Mamá conocían.

Cuando era más chica, Esperanza siempre se quejaba:

—¿Por qué siempre va él y no yo?

Y Papá decía:

—Porque él sabe componer cosas y, además, está aprendiendo su oficio.

Miguel la miraba y antes de marcharse a caballo

con Papá le sonreía burlón. Pero era verdad lo que decía Papá. Miguel tenía paciencia y fuerza y se las arreglaba para componer cualquier cosa, desde arados hasta tractores, y especialmente cosas con motor.

Varios años atrás, cuando Esperanza todavía era pequeña, Mamá y Papá hablaban de los niños de las "buenas familias" a los que Esperanza conocería algún día. No podía imaginarse que le buscaran como pareja a alguien que no conocía, así que anunció:

—¡Me casaré con Miguel!

—Cambiarás de opinión cuando crezcas —dijo Mamá riéndose de ella.

—No, no cambiaré de opinión —respondió Esperanza, obstinada.

Pero ahora que era una jovencita comprendía que Miguel era el hijo del ama de llaves y ella era la hija del dueño del rancho, y entre ellos corría un profundo río. Esperanza estaba en una orilla y Miguel en la otra, y ese río no podía cruzarse. En un momento de vanidad, Esperanza le dijo todo esto a Miguel. Desde entonces, él le hablaba muy poco. Cuando se cruzaban, él la saludaba con la cabeza y le decía muy cortésmente "mi reina", pero nada más. Ya no bromeaban ni se reían ni hablaban de cosas sin importancia. Esperanza hacía como que no le importaba, pero en secreto deseaba no haberle hablado a Miguel de las orillas del río.

Distraída, Mamá paseaba frente a la ventana, haciendo un ruido sordo cada vez que daba un paso sobre las losetas.

Hortensia encendió las lámparas.

Los minutos se convirtieron en horas.

—Oigo caballos —dijo Mamá y corrió a la puerta.

Pero eran tío Luis y tío Marco, los hermanastros mayores de Papá. Tío Luis era el presidente del banco y tío Marco era el alcalde de la ciudad. A Esperanza no le preocupaba lo importantes que fueran, porque no le gustaban. Eran serios y tristes, con la barbilla siempre muy alta. Tío Luis era el mayor y tío Marco, unos años más joven y menos listo, siempre seguía a su hermano, como si fuera un burro. Aunque tío Marco era el alcalde, hacía todo lo que tío Luis le decía. Los dos eran altos y flacos, con pequeños bigotes y pequeñas perillas blancas. Esperanza sabía que a su mamá tampoco le gustaban, pero siempre era amable con ellos porque era la familia de Papá. Mamá incluso organizó fiestas en la casa para tío Marco cuando este se presentó como candidato a alcalde. Ninguno de los dos estaba casado y Papá decía que era porque amaban el dinero y el poder más que a la gente. Esperanza pensaba que era porque parecían dos chivos mal alimentados.

—Ramona —dijo Tío Luis—, parece que tenemos malas noticias. Uno de los rancheros nos trajo esto.

Le dio a mamá la hebilla de plata del cinturón de Papá, un objeto único que tenía grabada la marca del rancho.

Mamá se puso pálida. La examinó volteándola una y otra vez con la mano.

—Quizás no signifique nada —dijo. Luego, ignorándolos, se volvió hacia la ventana y empezó a pasear de nuevo agarrando la hebilla.

—Esperaremos contigo en estos momentos difíciles —dijo tío Luis y al pasar junto a Esperanza le dio un suave golpecito en el hombro.

Esperanza se quedó mirándolo. En toda su vida no podía recordar el menor gesto de acercamiento. Sus tíos no eran como los tíos de sus amigos. Nunca le hablaban, ni jugaban con ella ni bromeaban. De hecho, actuaban como si Esperanza no existiera. Y por esa razón, la repentina amabilidad de tío Luis le hizo estremecerse de miedo por Papá.

Abuelita y Hortensia empezaron a encender velas y a rezar oraciones para que los hombres volvieran sanos y salvos a casa. Mamá, con los brazos cruzados sobre el pecho, paseaba de un lado a otro frente a la ventana, sin quitar la vista de la oscuridad. Intentaron pasar el tiempo con una conversación intrascendente, pero las palabras fueron desapareciendo hasta convertirse en silencio. Los sonidos de la casa parecían intensificarse: el tic tac del reloj, una tos o el tintineo de una taza de té.

Esperanza peleaba con los puntos. Trataba de pensar en la fiesta y en todos los regalos que recibiría al día siguiente. Intentó pensar en los ramilletes de rosas y las cestas de uvas que habría en cada mesa. Intentó pensar en Marisol y las otras chicas, riéndose y contándose historias. Pero esos pensamientos duraban en su mente sólo un momento antes de transformarse en preocupación. No dejaba de sentir el dolor punzante en el pulgar, donde la espina había dejado su marca de mala suerte.

Ya no quedaba nada en los candelabros excepto pequeños pedazos de cera, cuando mamá dijo:

—¡Veo una luz! ¡Alguien viene!

Corrieron al patio y vieron una luz a lo lejos, un pequeño faro de esperanza que oscilaba en la oscuridad.

Vieron la carreta. Alfonso llevaba las riendas y Miguel el farol. Cuando la carreta se detuvo, Esperanza vio un cuerpo en la parte de atrás, completamente cubierto con una manta.

—¿Dónde está Papá? —gritó.

Miguel hundió la cabeza. Alfonso no dijo nada, pero las lágrimas que corrían por sus mejillas confirmaban lo peor.

Mamá se desmayó.

Abuelita y Hortensia corrieron a su lado.

Esperanza sintió que se le partía el corazón. De su boca salió un sonido que creció lentamente hasta convertirse en un grito de dolor. Cayó de rodillas y se hundió en un agujero negro de desesperación e incredulidad.

LAS PAPAYAS

"Estas son las mañanitas que cantaba el rey David

a las muchachas bonitas, se las cantamos aquí."

Esperanza escuchó cantar a Papá y a los demás. Estaban bajo su ventana y sus voces eran claras y melodiosas. Antes de darse cuenta sonrió porque su primer pensamiento fue que hoy era su cumpleaños. "Debería levantarme y lanzarle besos a Papá." Pero cuando abrió los ojos se dio cuenta de que estaba en la cama de sus papás, en el lado de Papá que todavía olía a él y que la canción la cantaban en sus sueños. ¿Por qué no había dormido en su habitación? Entonces, los acontecimientos de la noche anterior la devolvieron de golpe a la realidad. Su sonrisa se desvaneció, sintió una opresión en el pecho y un negro manto de angustia borró toda su alegría.

Papá y sus rancheros habían sido asesinados en una emboscada mientras arreglaban una cerca en el extremo más alejado del rancho. Los bandidos les robaron las botas, las sillas de montar y los caballos. Incluso se llevaron la cecina que Papá llevaba en el bolsillo para Esperanza.

Esperanza salió de la cama y se puso un chal sobre los hombros. Le pareció que pesaba más que de costumbre. ¿Era la lana? ¿O le pesaba el corazón? Bajó las escaleras y se quedó en la sala. La casa estaba vacía y reinaba el silencio. ¿Dónde estaba todo el mundo? Entonces recordó que Abuelita y Alfonso tenían previsto llevar a Mamá a ver al cura esa mañana. Cuando estaba a punto de llamar a Hortensia, oyó que alguien llamaba a la puerta.

—¿Quién es? —gritó Esperanza a través de la puerta.

—El Sr. Rodríguez. Traigo las papayas.

Esperanza abrió la puerta. El papá de Marisol estaba frente a ella, con el sombrero en la mano. A su lado había una gran caja de papayas.

—Tu papá me las encargó para la fiesta de hoy. Intenté entregarlas por la cocina, pero nadie me respondió.

Esperanza se quedó mirando al hombre que había conocido a Papá desde que era niño. Luego miró las papayas verdes, amarillas en las partes más maduras. Sabía por qué las había encargado Papá. La ensalada de papaya, coco y limón era la favorita de Esperanza, y Hortensia la preparaba todos los años en su cumpleaños.

Su rostro se descompuso.

—Señor, ¿no se ha enterado? Mi pa... papá ha muerto.

El Sr. Rodríguez se quedó mirándola sin comprender, luego dijo:

—¿Qué pasó, niña?

Temblando, Esperanza tomó aire. Mientras le contaba la historia, vio cómo el dolor invadía el rostro del Sr. Rodríguez mientras se sentaba en el banco del patio, negando con la cabeza. A Esperanza le pareció que estaba en el cuerpo de otra persona viendo una escena muy triste, pero incapaz de ayudar.

Hortensia salió y rodeó con su brazo a Esperanza. Saludó con la cabeza al Sr. Rodríguez y luego llevó a Esperanza escaleras arriba, al dormitorio.

—Papá encargó las pa... papayas —sollozó Esperanza.

—Ya lo sé —susurró Hortensia, sentada a su lado en la cama, arrullándola—. Ya lo sé.

～

Los rosarios, las misas y el funeral duraron tres días. Muchas personas a las que Esperanza no había visto nunca, llegaron al rancho a dar sus condolencias. Cada día traían comida como para alimentar a diez familias y había tal cantidad de flores que su fragancia abrumadora les dio a todos dolor de cabeza, hasta que Hortensia tuvo que retirar los ramos.

Marisol vino varias veces con sus papás. Delante de los adultos, Esperanza imitó los modales refinados de su mamá y aceptó el pésame de Marisol. Pero en cuanto pudieron, las dos niñas pidieron permiso y subieron a la habitación de Esperanza, donde se sentaron en la cama y, agarradas de la mano, lloraron al unísono.

Durante el día, la casa estaba llena de visitantes y sus murmullos. Mamá era amable y atenta con todos, como si ocuparse de ellos diera un sentido a su vida. Pero por la noche la casa se quedaba vacía. Las habitaciones parecían demasiado grandes sin la voz de Papá y los ecos de las pisadas agrandaban la tristeza de todos. Abuelita se sentaba en la cama de Mamá todas las noches y le acariciaba la cabeza hasta que se dormía; luego se sentaba en el otro lado y hacía lo mismo con Esperanza. Pero después, Esperanza se despertaba por el llanto quedo de Mamá, o esta se despertaba por el llanto de Esperanza. Y entonces se abrazaban y no se separaban hasta el amanecer.

Esperanza no quería abrir sus regalos de cumpleaños. Cada vez que miraba los paquetes, recordaba la alegre fiesta que habían pensado celebrar. Finalmente una mañana, Mamá insistió:

—A Papá le habría gustado.

Abuelita le pasó a Esperanza todos los regalos y ella los fue abriendo y dejando metódicamente sobre la mesa. Un bolso blanco para los domingos con un rosario dentro, de Marisol. Una cuerda hecha de cuentas azules, de Chita. El libro *Don Quijote*, de Abuelita. Un lindo chal bordado, de

Mamá para "algún día". Finalmente, abrió la caja que, ella sabía, era la muñeca. No pudo alejar de su mente la idea de que era lo último que Papá le regalaría.

Con manos temblorosas, levantó la tapa y miró dentro de la caja. La muñeca llevaba un vestido blanco de tejido fino y un rebozo de encaje blanco sobre el pelo negro. Los enormes ojos de porcelana miraban anhelantes a Esperanza.

—¡Oh!, ¡parece un ángel! —dijo Abuelita, sacando el pañuelo de la manga y secándose los ojos. Mamá no dijo nada. Solamente extendió la mano y tocó la cara de la muñeca.

Esperanza no podía hablar. Sentía que su corazón se había agrandado y le hacía tanto daño que le ahogaba la voz. Estrechó a la muñeca contra su pecho y salió de la sala, dejando los demás regalos.

～

Tío Luis y tío Marco iban todos los días al estudio de Papá para "ocuparse de los asuntos de la familia". Al principio se quedaban solamente unas horas, pero luego empezaron a parecerse a la planta de calabaza que tenía Alfonso en el huerto, cuyas enormes hojas se extendían invadiendo el terreno. Llegó un momento en que empezaron a quedarse mañana, tarde y noche en el rancho, incluso a comer. Esperanza sabía que Mamá estaba intranquila por su constante presencia.

Finalmente llegó el abogado a leer el testamento. Mamá, Esperanza y Abuelita lucían muy distinguidas con sus vestidos negros cuando entraron los tíos en el estudio.

Elevando un poco la voz, tío Luis dijo:

—Ramona, el luto no te favorece. ¡Espero que no te vistas de negro todo el año!

Mamá no respondió, pero mantuvo la compostura.

Ellos saludaron con la cabeza a Abuelita y, como de costumbre, no le dijeron nada a Esperanza.

Empezaron a hablar de préstamos bancarios e inversiones. Todo parecía tan complicado que la mente de Esperanza empezó a vagar. No había estado en esa habitación desde que Papá murió. Miró el escritorio de Papá y sus libros, la cesta de tejer de mamá con los ganchos de plata que Papá le había comprado en Guadalajara; la mesa junto a la puerta donde estaban las tijeras de podar los rosales y, al otro lado de las puertas dobles, su jardín. Los papeles de sus tíos estaban desparramados sobre la mesa. Papá nunca tenía así su escritorio. Tío Luis estaba sentado en la silla de Papá como si fuera suya. Y entonces Esperanza vio la hebilla del cinturón. La hebilla del cinturón de Papá en el cinturón de tío Luis. Era imposible. Todo andaba mal. Tío Luis no debía estar sentado en el sillón de Papá. ¡No debía llevar la hebilla de Papá con el sello del rancho! Por milésima vez se secó las lágrimas que le resbalaban por la cara, pero esta vez eran lágrimas de rabia. Mamá y Abuelita intercambiaron una mirada de indignación. ¿Sentían lo mismo que ella?

—Ramona —dijo el abogado—, su esposo, Sixto Ortega, les dejó esta casa y todo lo que contiene a usted y a su hija. También recibirá un ingreso anual de las uvas. Como usted sabe, no es costumbre dejar la tierra a las mujeres y, puesto que Luis fue quien le dio el préstamo, su esposo le dejó la tierra a él.

—Lo que nos pone en una situación un tanto embarazosa —dijo tío Luis—. Yo soy el presidente del banco y me gustaría vivir a la altura de mi cargo. Ahora que soy propietario de estas lindas tierras me gustaría comprarte la casa por esta cantidad.

Le pasó a mamá un trozo de papel.

Mamá lo miró y dijo:

—Esta es mi casa. Mi esposo quiso que viviéramos aquí. ¡Y la casa vale veinte veces más! Así que no, no la venderé. Además, ¿dónde viviríamos?

—Ya me imaginé que dirías que no, Ramona —dijo tío Luis—, y tengo la solución a tus problemas de vivienda. En realidad, te hago una propuesta de matrimonio.

"¿De quién hablará? —pensó Esperanza—. ¿Quién querría casarse con él?"

Luis aclaró la garganta.

—Por supuesto, esperaríamos un tiempo apropiado. Un año es lo acostumbrado, ¿no? Tú misma debes darte cuenta de que con tu belleza, tu reputación y mi cargo en el banco seríamos una pareja muy poderosa. ¿Sabías que también estoy pensando entrar en política? Me voy a presentar como candidato a gobernador. ¿Y qué mujer no querría ser la esposa del gobernador?

Esperanza no podía creer lo que oía. ¿Mamá, casarse con tío Luis? ¿Casarse con un chivo? Lo miró con los ojos abiertos como platos; luego miró a Mamá.

El rostro de Mamá mostraba un dolor horrible. Se paró y habló pausadamente.

—No tengo el menor deseo de casarme contigo, Luis, ni ahora ni nunca. Francamente, tu oferta me ofende.

La cara del tío Luis se endureció como si fuera una roca y los músculos de su delgado cuello se crisparon.

—Te arrepentirás de tu decisión, Ramona. No olvides que esta casa y esas uvas están en mi propiedad. Puedo hacerte la vida difícil, muy difícil. Dejaré que lo pienses, pues la oferta es más que generosa.

Tío Luis y tío Marco se pusieron los sombreros y se marcharon.

El abogado parecía estar incómodo y empezó a recoger documentos.

—¡Buitres! —dijo Abuelita.

—¿Puede hacer eso? —preguntó Mamá.

—Sí —dijo el abogado—. Técnicamente, él es el propietario.

—Pero podría construir otra casa, más grande y más pretenciosa, en cualquier otro sitio de la hacienda —dijo Mamá.

—Él no quiere la casa —dijo Abuelita—. Quiere tu influencia. La gente de este lugar amaba a Sixto y a ti te respetan. Si tú fueras su esposa, Luis ganaría cualquier elección.

Mamá se puso rígida. Miró al abogado y dijo:

—Por favor, dele oficialmente este mensaje a Luis: Nunca jamás cambiaré de opinión.

—Así lo haré, Ramona —dijo el abogado—, pero tenga cuidado. Es un hombre astuto y peligroso.

El abogado se marchó. Mamá se desplomó en una silla, puso la cabeza entre las manos y empezó a llorar.

Esperanza corrió hasta ella.

—No llores, Mamá. Todo saldrá bien.

Pero sus palabras no eran convincentes, ni siquiera para ella misma. Porque en lo único que podía pensar era en lo que tío Luis había dicho: que Mamá se arrepentiría de su decisión.

～

Esa tarde, Hortensia y Alfonso se sentaron con Mamá y Abuelita para hablar del problema. Esperanza paseaba de un sitio a otro y Miguel la miraba en silencio.

—¿Serán suficientes los ingresos que den las uvas para mantener la casa y los empleados? —preguntó Mamá.

—Tal vez —dijo Alfonso.

—Entonces me quedaré en mi casa —dijo Mamá.

—¿Tiene algún otro dinero? —preguntó Alfonso.

—Yo tengo dinero en el banco —anunció Abuelita. Y luego, en voz baja añadió—: En el banco de Luis.

—No le permitirá sacarlo —dijo Hortensia.

—Si necesitamos ayuda podríamos pedir dinero prestado a amigos como el Sr. Rodríguez —dijo Esperanza.

—Tus tíos son muy poderosos y corruptos —dijo Alfonso—. Pueden hacerle la vida difícil al que intente ayudarte. No te olvides que son el presidente del banco y el alcalde de la ciudad.

La conversación entró en un círculo vicioso. Finalmente, Esperanza pidió permiso para retirarse. Salió al jardín de Papá y se sentó en un banco de piedra. A muchas rosas se les habían caído los pétalos y solamente quedaban el tallo y el escaramujo, el fruto verde y ovalado del rosal. Abuelita decía que el escaramujo contenía los recuerdos de las rosas y que si bebías té de escaramujos, absorbías todo lo bello que conoció la planta. Estas flores conocieron a Papá, pensó. Al día siguiente le pediría a Hortensia que hiciera té de escaramujo.

Miguel la encontró en el jardín y se sentó a su lado. Desde que Papá murió había sido amable, pero todavía no había hablado con ella.

—Anza —dijo, usando su apodo de cuando era niña—, ¿cuál es tu rosa?

En los últimos años su voz se había vuelto profunda. Esperanza no se había dado cuenta de cuánto extrañaba oírla. Sus ojos se llenaron de lágrimas, pero parpadeó rápidamente para detenerlas. Señaló los diminutos capullos rosados con tallos delicados que subían por la celosía.

—¿Y dónde está la mía? —preguntó Miguel, dándole un codazo como hacía cuando eran niños y se contaban todo.

Esperanza sonrió y señaló la anaranjada que había junto a ellos. Eran pequeños cuando Papá plantó una para cada uno.

—¿Qué significa todo esto, Miguel?

—Hay rumores de que Luis se va a quedar con el rancho, de una u otra manera. Si es así, nos iremos a Estados Unidos a trabajar.

Esperanza movió la cabeza como si dijera que no. No podía imaginarse la vida sin Hortensia, Alfonso y Miguel.

—Mi Papá y yo perdimos la fe en nuestro país. Aquí nacimos sirvientes y no importa lo duro que trabajemos, siempre seremos sirvientes. Tu padre era un hombre bueno. Nos dio un pedazo de tierra y una cabaña, pero tus tíos… ya conoces su reputación. Nos quitarán todo y nos tratarán como animales. No trabajaremos para ellos. En Estados Unidos el trabajo es duro, pero al menos tenemos la oportunidad de ser algo más que sirvientes.

—Pero Mamá y Abuelita… ellas los… nosotras los necesitamos.

—Mi papá dice que esperaremos cuanto sea necesario.

Alargó la mano y tomó la de Esperanza.

—Siento la muerte de tu papá.

Tenía la mano cálida y Esperanza sintió que el corazón le daba un vuelco. Miró su mano en la de él y sintió que se ponía colorada. Sorprendida por su rubor, se apartó de Miguel. Se paró y se quedó mirando las rosas.

Un silencio embarazoso formó un muro entre los dos.

Ella lo miró de reojo.

Él todavía la miraba, con una expresión de dolor en la cara. Antes de irse, le dijo en voz baja:

—Tenías razón, Esperanza. En México estamos en orillas opuestas del río.

Esperanza subió a su habitación, pensando que todo andaba de cabeza. Dio una vuelta alrededor de su cama y pasó la mano por los postes finamente tallados. Contó las muñecas puestas en fila en su vestidor: trece, una por cada cumpleaños. Cuando Papá estaba vivo, todo estaba en orden, como las muñecas.

Se puso un camisón largo de algodón con encaje hecho a mano, tomó una muñeca y se dirigió a la ventana abierta. Mirando el valle, se preguntó adónde irían si tuvieran que vivir en otro lugar. No tenían más familia, excepto las hermanas de Abuelita que eran monjas y vivían en un convento.

—Nunca me marcharé de aquí —susurró.

Una brisa repentina le trajo un olor intenso y familiar. Miró hacia el patio y vio la caja de madera con las papayas del Sr. Rodríguez que había encargado Papá para su cumpleaños. Estaban demasiado maduras y su fragancia dulce inundaba el aire con cada golpe de viento.

Se acurrucó en la cama debajo de las sábanas

bordadas. Abrazada a la muñeca, trató de dormir, pero sus pensamientos volvían siempre a tío Luis. Se sentía enferma de sólo pensar que Mamá se podía casar con él. ¡Pues claro que le dijo que no! Respiró profundamente, olió las papayas y recordó los buenos deseos de Papá.

"¿Por qué tenía que morir? ¿Por qué nos dejó a Mamá y a mí?"

Cerró los ojos con fuerza e hizo lo que hacía todas las noches: intentar encontrar el sueño en el que Papá cantaba la canción de cumpleaños.

LOS HIGOS

Esa noche, el viento sopló con fuerza e hizo crujir la casa. En lugar de soñar con una canción de cumpleaños, Esperanza tuvo pesadillas. Un oso enorme la perseguía, se acercaba cada vez más y finalmente le daba un fuerte abrazo. El pelo del animal le tapaba la boca y apenas podía respirar. Alguien intentó quitarle al oso de encima, pero no pudo. El oso la apretó más fuerte y empezó a sofocarla. Entonces, cuando creía que ya se iba a ahogar, el oso la agarró por los hombros y la sacudió violentamente.

Abrió los ojos y los volvió a cerrar. Se dio cuenta de que sólo había sido un sueño y se sintió aliviada, pero de pronto alguien la volvió a sacudir, esta vez más fuerte.

La estaban llamando:

—¡Esperanza!

Abrió los ojos.

—¡Esperanza, despierta! —gritó Mamá—. ¡La casa se está quemando!

Había humo en la habitación.

—Mamá, ¿qué pasa?

—¡Levántate, Esperanza! ¡Debemos buscar a Abuelita!

Esperanza escuchó a Alfonso gritar desde la planta baja.

—¡Sra. Ortega! ¡Esperanza!

—¡Aquí! ¡Estamos aquí! —gritó Mamá, agarrando una toalla mojada de la palangana y pasándosela a Esperanza para que se la pusiera sobre la boca y la nariz. Esperanza se volvió para buscar cualquier cosa que pudiera salvar. Agarró la muñeca. Luego corrió con Mamá por el pasillo hacia la habitación de Abuelita, pero estaba vacía.

—¡Alfonso! —gritó Mamá—. ¡Abuelita no está aquí!

—La encontraremos, pero bajen ahora. Las escaleras empiezan a quemarse. ¡Rápido!

Esperanza se puso la toalla sobre la cara y miró hacia abajo. Las cortinas ardían y quemaban las paredes. La casa estaba envuelta en un humo que se volvía más espeso en el techo. Mamá y Esperanza bajaron agachadas las escaleras. Alfonso las esperaba para llevarlas afuera, a través de la cocina.

Las puertas de madera del patio estaban abiertas. Cerca de los establos, los rancheros dejaban salir a los caballos de los corrales. Los empleados corrían por todas partes. ¿Adónde iban?

—¿Dónde está Abuelita? ¡Abuelita! —gritó Mamá.

Esperanza se sentía mareada. Todo parecía mentira. ¿Estaría soñando todavía? ¿No sería que su imaginación se había desbocado?

Miguel la agarró.

—¿Dónde están tu mamá y Abuelita?

Esperanza lloriqueó y miró hacia el lugar donde estaba Mamá. Miguel la dejó, se detuvo frente a Mamá y luego corrió hacia la casa.

El viento hizo volar las chispas de la casa y las llevó hasta los establos. Esperanza estaba en el medio, contemplando la silueta de su casa en llamas contra el cielo de la noche. Alguien la envolvió con una manta. ¿Tenía frío? No lo sabía.

Miguel salió corriendo de la casa en llamas con Abuelita en los brazos. La dejó en el suelo y Hortensia dio un alarido. La camisa de Miguel estaba ardiendo. Alfonso lo tumbó y lo hizo rodar por el suelo hasta que el fuego se apagó. Miguel se levantó y se quitó con cuidado la camisa ennegrecida. Sus quemaduras no eran graves.

Mamá acunó a Abuelita en sus brazos.

—Mamá —dijo Esperanza—, ¿está…?

—No. Está viva, pero está muy débil y el tobillo… no creo que pueda andar —dijo Mamá.

Esperanza se arrodilló.

—Abuelita, ¿dónde estabas?

La abuela sujetó la bolsa de tejer, y después de toser durante varios minutos, dijo:

—Debemos hacer algo mientras esperamos.

Nadie pudo contener la furia del fuego que se extendió hasta las uvas. Las llamas se esparcieron por las hileras de vides, como dedos largos y curvados que se extendían hasta el horizonte, iluminando el cielo de la noche.

Esperanza, como en un trance, vio arder El Rancho de las Rosas.

Mamá, Abuelita y Esperanza durmieron en las cabañas de los empleados. En realidad no durmieron mucho, pero tampoco lloraron. Estaban adormecidas, como si tuvieran una coraza impenetrable. Y no tenía sentido hablar de lo ocurrido. Todas sabían que sus tíos eran los autores del incendio.

Al amanecer, todavía en camisón, Esperanza salió a mirar los escombros. Buscó entre la madera negra, sin tocar los pilares convertidos en rescoldo, esperando encontrar algo que salvar. Se sentó en un bloque de adobe junto a lo que fue la entrada principal y miró la rosaleda de Papá. Los tallos sin flores estaban cubiertos de hollín. Esperanza vio las figuras retorcidas de las sillas de hierro, las sartenes de hierro intactas y los morteros de piedra de lava que se negaron a arder. Entonces vio los restos del baúl que siempre estuvo a los pies de su cama, con las tiras de metal intactas. Se levantó y corrió hacia él, esperando un milagro.

Miró con atención, pero todo lo que quedaba eran cenizas negras.

Adentro no había nada "para algún día".

~

Esperanza vio que sus tíos se acercaban a caballo y corrió a avisar a los demás. Mamá esperó en los peldaños de la cabaña con los brazos cruzados, como una estatua feroz. Alfonso, Hortensia y Miguel estaban a su lado.

—Ramona —dijo tío Marco desde su caballo—, otra desgracia en tan poco tiempo. Lo sentimos mucho.

—He venido a darte otra oportunidad —dijo tío Luis—. Si consideras mi propuesta, construiré una casa más grande y más bella y volveré a plantar todo. Por supuesto, si lo prefieres, puedes vivir aquí con tus empleados, siempre que no ocurra otra tragedia con sus casas. Ya no hay casa de campo ni viñedos que cultivar, así que ya ves, la vida y los empleos de muchas personas dependen de ti. Y estoy seguro de que quieres lo mejor para Esperanza, ¿no?

Mamá permaneció en silencio por un momento. Miró a los empleados que se habían reunido a su alrededor. Ahora su rostro no parecía tan fiero y tenía los ojos húmedos. Esperanza se preguntó adónde irían los empleados cuando Mamá le dijera al tío Luis que no.

Mamá miró a Esperanza con ojos que decían "perdóname". Entonces dejó caer la cabeza y miró al suelo.

—Consideraré tu propuesta —dijo Mamá.

Tío Luis sonrió.

—¡Me acabas de hacer feliz! No tengo la menor duda de que tomarás la decisión correcta. Volveré dentro de unos días para saber tu respuesta.

—¡Mamá, no! —gritó Esperanza. Se volvió hacia tío Luis y gritó—: ¡Te odio!

Tío Luis no le hizo ningún caso.

—Ramona, si Esperanza va a ser mi hija deberá tener mejores modales. Hoy mismo empezaré a buscar un internado donde le enseñen a comportarse como una señorita.

Luego dio la vuelta con el caballo, le clavó las espuelas y se fue.

Esperanza empezó a llorar. Agarró el brazo de Mamá y dijo:

—¿Por qué? ¿Por qué le dijiste eso?

Pero Mamá no la escuchaba. Miraba hacia el cielo, como si estuviera consultando a los ángeles.

Finalmente, dijo:

—Alfonso, Hortensia, debemos hablar con Abuelita. Esperanza y Miguel, vengan con nosotros. Son suficientemente mayores para escuchar la conversación.

—Pero Mamá...

—Mija, no te preocupes. Sé lo que estoy haciendo.

～

Todos se juntaron en la pequeña habitación de Hortensia y Alfonso, donde Abuelita descansaba con su tobillo hinchado elevado sobre almohadones. Esperanza se sentó en la cama de Abuelita mientras Mamá y los demás permanecieron parados.

—Alfonso, ¿qué opciones tengo? —preguntó Mamá.

—Si no tiene intención de casarse con él, Señora, no puede quedarse aquí. Quemaría las casas de los empleados. No habrá ningún ingreso porque no hay uvas. Tendría que vivir de la caridad, pero todo el mundo tendría miedo de ayudarla. Podría marcharse a otra parte de México para vivir en la pobreza. La influencia de Luis llega muy lejos.

Se hizo un gran silencio en la habitación. Mamá miró por la ventana y tamborileó con los dedos contra el marco de madera.

Hortensia se puso a su lado y le tocó el brazo.

—Debo decirle que nosotros decidimos marcharnos a Estados Unidos. El hermano de Alfonso puede conseguirnos trabajo y una cabaña en una granja de California donde él trabaja. Mañana le enviaremos una carta para decirle que vamos.

Mamá se volvió y miró a Abuelita. Sin decir una palabra, Abuelita asintió.

—¿Y si Esperanza y yo fuéramos con ustedes a Estados Unidos? —dijo Mamá.

—¡Mamá, no podemos dejar a Abuelita!

Abuelita la tomó de la mano.

—Yo iría después, cuando esté más fuerte.

—Pero mis amigas y la escuela... ¡No podemos marcharnos! Y Papá, ¿qué pensaría?

—¿Qué debemos hacer Esperanza? ¿Crees que a Papá le gustaría que me casara con tío Luis y que te enviara a un internado en otra ciudad?

Esperanza se sentía confundida. Su tío había dicho que volvería a dejar todo como estaba, pero no se podía imaginar a Mamá casada con otra persona que no fuera Papá. Miró la cara de Mamá y vio dolor, tristeza y preocupación. Mamá haría cualquier cosa por ella, pero si Mamá se casaba con tío Luis, sabía que nada volvería a ser como antes. Tío Luis la enviaría lejos y ya no podría estar con Mamá.

—No —susurró.

—¿Está segura de que quiere venir con nosotros? —preguntó Hortensia.

—Estoy segura —dijo Mamá, con voz más decidida—. Pero cruzar la frontera es más difícil últimamente. Ustedes tienen sus papeles, pero los nuestros se quemaron en el incendio y a Estados Unidos no se puede entrar sin visa.

—Yo lo arreglaré —dijo Abuelita—. A lo mejor mis hermanas del convento pueden ayudarnos a conseguir unos duplicados.

—Nadie debe saber nada de esto, Señora —dijo Alfonso—. Si ustedes vienen lo tenemos que mantener en secreto. Será un gran insulto para Luis. Si se entera, impedirá que abandonen el país.

Una pequeña sonrisa apareció en el rostro cansado de Mamá.

—Sí, será un gran insulto para él, ¿verdad?

—En California sólo hay trabajo en el campo —dijo Miguel.

—Soy más fuerte de lo que crees —dijo Mamá.

—Nos ayudaremos unos a otros —dijo Hortensia abrazando a Mamá.

Abuelita apretó la mano de Esperanza.

—No temas empezar de nuevo. Cuando yo tenía tu edad, salimos de España con mi mamá, mi papá y mis hermanas. Un funcionario mexicano le había ofrecido a mi papá un trabajo aquí, en México. Por eso vinimos. El viaje duró meses. Cuando llegamos, no había nada de lo prometido. Hubo muchos momentos difíciles, pero la vida también fue emocionante. Y nos teníamos los unos a los otros. Esperanza, ¿recuerdas la historia del fénix, la bella ave que renace de sus cenizas?

Esperanza asintió. Abuelita le había leído esa historia de un libro de leyendas.

—Somos como el fénix que renace —dijo Abuelita—, con una nueva vida por delante.

Esperanza se dio cuenta de que estaba llorando y se secó los ojos con el chal. Sí, pensó, podrían tener un hogar en California. Un lindo hogar. Alfonso, Hortensia y Miguel las cuidarían y estarían libres de sus tíos. Y Abuelita se reuniría con ellas tan pronto como mejorara.

Todavía lloriqueando y arrebatada por el afecto y la fortaleza de los demás, Esperanza dijo:

—Y... y yo también podría trabajar.

Todos se quedaron mirándola.

Y por primera vez desde que Papá murió, todos rieron.

⁓

Al día siguiente, las hermanas de Abuelita vinieron a buscarla en una carreta. Las monjas, con sus hábitos de color blanco y negro, colocaron a Abuelita cuidadosamente en la parte de atrás. La taparon con una manta hasta la barbilla y Esperanza se acercó y la tomó de la mano. Recordó la noche en que Alfonso y Miguel llevaron a Papá en la carreta. ¿Cuánto tiempo había pasado? Sabía que habían sido sólo unas semanas, pero parecía muchísimo tiempo.

Esperanza abrazó y besó a Abuelita.

—Mi nieta, no podremos comunicarnos. No hay quien se fíe del correo y estoy convencida de que tus tíos vigilarán mi correspondencia. Pero yo iré, puedes estar segura. Mientras esperas, termina esto por mí.

Le dio a Esperanza el tejido con gancho.

—Mira el zigzag de la manta. Montañas y valles. En este momento estás en el fondo de un valle rodeada de problemas enormes, pero muy pronto estarás de nuevo en la cima de la montaña. Cuando hayas vencido muchas montañas y valles, estaremos juntas de nuevo.

En medio de sollozos, Esperanza dijo:

—Por favor, mejórate. Por favor, vuelve con nosotras algún día.

—Te lo prometo. Y tú prométeme que cuidarás a Mamá por mí.

Luego le tocó el turno a Mamá. Esperanza no quiso ver la despedida. Ocultó la cabeza en los hombros de Hortensia hasta que oyó que la carreta se marchaba. Entonces fue donde estaba Mamá y la abrazó. Vieron desaparecer la carreta por el camino hasta que se convirtió en un punto en la distancia, hasta que no quedó ni la nube de polvo.

Fue entonces cuando Esperanza se fijó en el viejo baúl con correas de cuero que habían traído las monjas.

—¿Qué hay en ese baúl? —preguntó.

—Nuestros papeles para viajar y ropa que han donado al convento para los pobres.

—¿Ropa para los pobres?

—La gente dona ropa —explicó Mamá— para aquellos que no pueden comprársela.

—Mamá, en un momento como este ¿debemos preocuparnos por los pobres?

—Esperanza —dijo Mamá—, tenemos muy poco dinero y Hortensia, Alfonso y Miguel ya no son nuestros empleados. Nosotras estamos en deuda con ellos. Les debemos dinero y nuestro futuro está en sus manos. Esperanza, el baúl con la ropa para los pobres es para nosotras.

～

El Sr. Rodríguez era la única persona en la que podían confiar. Por las noches, iba a reuniones secretas y siempre llevaba una cesta de higos para ocultar el motivo real de su visita. Esperanza dormía todas las noches sobre una manta en el suelo y escuchaba a los adultos hablar en voz baja sobre planes misteriosos.

Al cabo de una semana, Esperanza estaba sentada en el pequeño peldaño que subía a la cabaña de Hortensia y Alfonso cuando tío Luis llegó. Desde el caballo, le ordenó a Alfonso que trajera a Mamá.

Unos momentos después, Mamá caminó hacia ellos, secándose las manos en el delantal. Llevaba la cabeza bien levantada y se veía muy linda, incluso vestida con la ropa vieja de la caja para los pobres.

—Luis, he considerado tu propuesta, y por el bien de los empleados y de Esperanza, me casaré contigo, a su debido tiempo, pero debes empezar a replantar y reconstruir el rancho inmediatamente, ya que los sirvientes necesitan sus empleos.

Esperanza se quedó callada y miró a la tierra para esconder la mueca burlona de su cara.

Tío Luis no pudo contener su sonrisa. Se irguió sobre el caballo.

—Sabía que recuperarías el juicio, Ramona. Ahora mismo anunciaré el compromiso.

Mamá asintió con la cabeza, casi haciendo una venia.

—Algo más —dijo—. Necesitaremos una carreta para visitar a Abuelita. Está en el convento de La Purísima. Debo ir a verla de vez en cuando.

—Les enviaré una carreta esta misma tarde —dijo sonriendo tío Luis—. Una nueva. ¡Y esa ropa, Ramona! No es adecuada para una mujer de tu categoría, y Esperanza parece una niña abandonada. La próxima semana enviaré una costurera con telas nuevas.

Esperanza levantó la cabeza y dijo del modo más amable posible:

—Gracias, tío Luis. Me alegro de que vayas a ocuparte de nosotras.

—Sí, claro —dijo, sin siquiera mirarla.

Esperanza sonrió de todas formas porque sabía que nunca pasaría una noche en la misma casa con él y porque nunca sería su padrastro. Casi deseó poder ver su cara cuando se diera cuenta de que habían escapado. Entonces no se reiría como un gallo orgulloso.

⁓

Una noche antes de la fecha en que estaba previsto que viniera la costurera, Mamá despertó a Esperanza a media noche y se marcharon solamente con lo que podían cargar. Esperanza llevaba una maleta llena de ropa, un pequeño paquete con tamales y la muñeca que le había regalado Papá. Ella, Mamá y Hortensia iban envueltas en chales oscuros para ocultarse en la noche.

No podían arriesgarse a ir por los caminos, así que Miguel y Alfonso las guiaron por las hileras de uvas, serpenteando por la tierra de Papá hacia el rancho de Rodríguez. Los rayos de la Luna iluminaban las figuras retorcidas de los troncos achicharrados, las vides quemadas que se extendían en líneas paralelas hasta las montañas. Parecía que alguien había tomado un peine gigantesco, lo había mojado con pintura negra y lo había pasado haciendo remolinos sobre un lienzo enorme.

Llegaron al huerto de higueras que separaba la tierra de Papá de la del Sr. Rodríguez. Alfonso, Hortensia y Miguel caminaban delante. Pero Esperanza y Mamá se detuvieron un momento y se voltearon para mirar a lo lejos lo que había sido El Rancho de las Rosas.

Sentimientos de tristeza y furia atenazaron el estómago de Esperanza cuando pensó todo lo que dejaba: sus amigas y su escuela, la vida que había llevado hasta entonces, Abuelita... y Papá. Sentía que también lo dejaba a él.

Como si leyera su mente, Mamá dijo:

—El corazón de Papá estará con nosotras dondequiera que vayamos.

Luego respiró profundamente y se dirigió hacia los árboles.

Esperanza la siguió, pero a cada rato miraba hacia atrás. No quería marcharse pero ¿cómo podría quedarse?

Las tierras de Papá se fueron haciendo más pequeñas. Esperanza corrió detrás de Mamá, sabiendo que quizás nunca volvería a su hogar y su corazón se llenó de odio hacia el tío Luis. Cuando se volteó por última vez, solamente vio un pedazo de higo aplastado que ella misma, de puro resentimiento, había destrozado con los pies.

LAS GUAYABAS

Salieron de las higueras y continuaron hasta los perales. Cuando llegaron a un claro vieron que el Sr. Rodríguez los esperaba con una lámpara junto a las puertas del granero. Se apresuraron a entrar. Las palomas revoloteaban entre las vigas de madera. Los esperaba una carreta rodeada de cajas de guayabas verdes.

—¿Está Marisol? —preguntó Esperanza, mientras la buscaba con los ojos por el granero.

—No puedo hablar con nadie de esto —dijo el Sr. Rodríguez—. Cuando llegue el momento oportuno, le diré que la buscaste y que querías despedirte de ella. Ahora debemos apurarnos. Tienen que aprovechar la oscuridad.

Alfonso, Miguel y el Sr. Rodríguez habían construido un piso falso en la carreta, con una abertura en la parte trasera y espacio apenas suficiente para que Mamá, Esperanza y Hortensia se pudieran meter acostadas. Hortensia lo forró con mantas.

Esperanza ya sabía cuál era el plan, pero al ver el pequeño espacio, vaciló.

—Por favor, ¿por qué no me puedo sentar con Alfonso y Miguel?

—Mija, no hay más remedio —dijo Mamá.

—Hay muchos bandidos —dijo Alfonso—. Por las noches los caminos no son seguros para las mujeres. Además, no olvides que tus tíos tienen muchos espías. Tenemos que llevar la carreta hasta Zacatecas y allí tomar un tren, en lugar de ir a Aguascalientes.

—Luis no ha parado de presumir de su compromiso matrimonial delante de todo el mundo —dijo Hortensia—. Imagínense lo furioso que se va a poner cuando descubra que se han ido. No podemos arriesgarnos a que alguien las vea.

Mamá y Hortensia se despidieron agradecidas del Sr. Rodríguez y se deslizaron entre los dos pisos de la carreta.

Esperanza se metió entre las dos a regañadientes.

—¿Cuándo podremos salir?

—Dentro de unas horas nos detendremos para estirar las piernas —dijo Mamá.

Esperanza se quedó mirando las planchas de madera, a pocas pulgadas de su cara. Oía a Alfonso, Miguel y el Sr. Rodríguez volcando cajas y cajas de guayabas sobre el piso que estaba sobre ellas; la fruta casi madura rodaba y brincaba mientras la apilaban. Las guayabas desprendían un olor fresco y dulce, a peras y naranjas a la vez. Luego sintió que las guayabas rodaban alrededor de sus pies cuando Alfonso y Miguel cubrieron la abertura. Si alguien veía la carreta pensaría que eran un campesino y su hijo llevando una carga de fruta al mercado.

—¿Cómo están? —preguntó Alfonso. Su voz se oía muy lejos.

—Estamos bien —gritó Hortensia.

La carreta salió del granero y las guayabas se movieron, luego se quedaron quietas. Adentro estaba oscuro y parecía que alguien las mecía, a veces de un lado a otro y otras veces hacia delante y hacia atrás. A Esperanza le entró miedo. Sabía que podía salir dando patadas, pero aun así se sentía atrapada. De repente, sintió que no podía respirar.

—¡Mamá! —gritó, abriendo la boca para tomar aire.

—Estoy aquí, Esperanza. Todo está bien.

—¿Recuerdas que cuando tenías cinco años nos escondimos de los ladrones? —dijo Hortensia mientras la tomaba de la mano—. ¡Eras tan chica y tan valiente! Tus papás, Alfonso y los demás empleados se habían ido a la ciudad. Solamente quedábamos tú, Miguel y yo. Estábamos en tu habitación y yo te ponía alfileres en el dobladillo de tu lindo vestido azul de seda. ¿Recuerdas ese vestido? Querías subir el dobladillo para que se te vieran los zapatos.

Los ojos de Esperanza empezaron a ajustarse a la oscuridad y al balanceo de la carreta.

—Miguel corrió a la casa porque había visto bandidos —dijo Esperanza suspirando. Recordó que estaba sobre una silla con los brazos extendidos como un pájaro listo para alzar el vuelo, mientras Hortensia arreglaba el vestido. Y recordó los zapatos nuevos, negros y relucientes.

—Sí —dijo Hortensia—. Miré por la ventana

y vi a seis hombres con los rostros cubiertos con pañuelos, y todos llevaban rifles. Eran renegados que pensaban que tenían derecho a robar el dinero de los ricos para dárselo a los pobres, pero no siempre se lo daban a los pobres y a veces mataban a personas inocentes.

—Nos escondimos debajo de la cama y nos tapamos con la colcha para que no nos vieran —dijo Esperanza. Le pareció que las tablas de la cama eran muy parecidas a las tablas que las encerraban ahora en la carreta. Esperanza volvió a respirar profundamente.

—Lo que no sabíamos era que Miguel tenía un enorme ratón de campo en el bolsillo —continuó Hortensia.

—Sí. Quería asustarme —dijo Esperanza.

La carreta crujía y se balanceaba. Oían el murmullo de la conversación de Alfonso y Miguel. El fuerte olor de las guayabas se les metía en la nariz. Esperanza se relajó un poco.

Hortensia continuó:

—Los hombres entraron en la casa y los oímos

abrir las alacenas y robar la plata. Luego subieron las escaleras. Dos de ellos entraron en la habitación. Vimos sus botas enormes por una abertura de la colcha, pero no dijimos ni una palabra.

—Hasta que me pinché con un alfiler y al mover la pierna hice un ruido.

—Tenía tanto miedo de que nos encontraran... —dijo Hortensia.

—Pero Miguel soltó al ratón que se puso a correr por la habitación. Los hombres se sorprendieron mucho, pero empezaron a reírse. Y entonces uno de ellos dijo: "Es solamente un ratón. Ya tenemos suficiente. Vamos". Y se marcharon —dijo Esperanza.

—Se llevaron casi toda la plata, pero lo único que nos importaba a Papá y a mí era que todos estuvieran bien —dijo Mamá—. ¿Recuerdas que Papá comentó que Miguel era muy astuto y valiente y que le preguntó qué premio quería por haberte protegido?

—Miguel dijo que quería viajar en tren —recordó Esperanza.

Hortensia empezó a canturrear bajito y Mamá tomó la mano de Esperanza.

El premio de Miguel, un viaje en tren hasta Zacatecas, parecía que había sido ayer. Miguel tenía ocho años y Esperanza, cinco. Ella llevaba su lindo vestido azul de seda y todavía podía ver a Miguel parado en la estación, con una corbata de lazo, prácticamente reluciente, como si Hortensia le hubiera limpiado y almidonado el cuerpo entero. Incluso llevaba el pelo alisado con brillantina y los ojos le brillaban de emoción. Quedó como hipnotizado al ver llegar la locomotora. Esperanza también estaba muy emocionada.

Cuando llegó el tren entre ruidos y chisporroteos, los mozos los escoltaron para mostrarles su vagón. Papá los tomó de la mano a ella y a Miguel y subieron mientras les decían adiós con la mano a Alfonso y Hortensia. El compartimiento tenía asientos de cuero, y ella y Miguel saltaron sobre ellos alegremente. Después almorzaron en el vagón restaurante en unas mesas pequeñas con manteles blancos, cubiertos de plata y vasos de cristal.

Cuando el camarero llegó y les preguntó si les podía traer alguna cosa, Esperanza dijo: "Sí, por favor, traiga el almuerzo ahora mismo". Los hombres y mujeres con sus sombreros y vestidos elegantes sonrieron creyendo ver a un amante padre con sus dos hijos privilegiados. Cuando llegaron a Zacatecas, una mujer envuelta en un rebozo subió al tren vendiendo mangos en un palo. Los mangos estaban pelados y tallados con dibujos de flores exóticas. Papá les compró uno a cada uno. En el viaje de regreso, Esperanza y Miguel se pusieron a saludar a todas las personas que veían, con las narices pegadas al vidrio de la ventana y con las manos pegajosas por los mangos.

La carreta dio un barquinazo al pasar por un bache. Esperanza deseaba llegar a Zacatecas tan rápido como aquel día en el tren, en lugar de viajar por caminos secundarios e ir escondida en una carreta lenta. Esta vez estaba enterrada bajo una montaña de guayabas y no podía saludar a nadie con la mano. Era muy incómodo. Y Papá no estaba.

~

Esperanza estaba en la estación de Zacatecas, alisando el vestido usado. No le quedaba bien y era de un color amarillo horrible. Y aunque ya llevaban varias horas fuera de la carreta, todavía olía a guayaba.

Habían tardado dos días en llegar a Zacatecas, pero finalmente esa mañana dejaron la carreta escondida en una espesura de árboles y matorrales y se dirigieron a la ciudad. Después de la incomodidad de la carreta, estaba deseosa de subirse al tren.

La locomotora llegó jalando una hilera de vagones, silbando y echando vapor, pero esta vez no se subieron al vagón con compartimientos elegantes y asientos de cuero ni al vagón restaurante con manteles blancos. Alfonso los guió a un vagón con hileras de bancos de madera, como bancos de iglesia, uno frente al otro, que estaban llenos de campesinos. El piso estaba cubierto de basura y olía a fruta podrida y orín. Un hombre, que llevaba una cabrita en su regazo, sonrió a Esperanza mostrándole una boca sin dientes. Tres niños descalzos, dos varones y una niña, se arremolinaban junto a su mamá. Tenían las piernas blancas de polvo, la ropa hecha jirones y el pelo mugriento. Una frágil viejecita pasó al fondo del vagón. En una mano llevaba una estampa de Nuestra Señora de Guadalupe y con la otra pedía limosna.

Esperanza nunca había estado tan cerca de los campesinos. En la escuela, todas sus amigas eran como ella. Cuando iba a la ciudad, alguien la escoltaba para ahuyentar a los mendigos, y los campesinos siempre se mantenían a distancia. Sencillamente, así eran las cosas. No pudo dejar de preguntarse si le robarían sus pertenencias.

—Mamá —dijo Esperanza, deteniéndose en la puerta—, no podemos viajar en este vagón. No... no está limpio. Y la gente no parece de fiar.

Esperanza vio a Miguel fruncir el ceño, al pasar junto a ella para sentarse.

Mamá la tomó de la mano, la llevó hasta un banco vacío y Esperanza se sentó y se deslizó hacia la ventana.

—Papá nunca nos hubiera permitido que nos sentáramos aquí y a Abuelita no le parecería bien —dijo, obstinada.

—Mija, no podemos pagar más —dijo Mamá—. Tenemos que arreglarnos. Tampoco es fácil para mí, pero recuerda que en el lugar adonde vamos estaremos mucho mejor que con tío Luis, y por lo menos estaremos juntas.

El tren partió de la estación y alcanzó una velocidad estable. Hortensia y Mamá sacaron los ganchos para tejer. Mamá usaba un gancho pequeño e hilo blanco de algodón para hacer carpetas, tapetes de hilo que se ponen bajo las lámparas o los jarrones. Le mostró su trabajo a Esperanza y sonrió.

—¿Te gustaría aprender?

Esperanza negó con la cabeza. ¿Por qué se molestaba Mamá en tejer? No tenían jarrones ni lámparas para poner encima de las carpetas. Esperanza reclinó la cabeza contra la ventana. Ese no era su mundo. Ella era Esperanza Ortega, de El Rancho de las Rosas. Cruzó los brazos con firmeza y miró por la ventana.

Durante horas, vio la tierra ondulada desfilar ante sus ojos. Todo parecía recordarle lo que había dejado atrás. Los nopales le recordaban a Abuelita, a quien le encantaba comer ese espinoso cactus cortado en rodajas y empapado en aceite y vinagre. Los perros de los pequeños pueblos que ladraban y corrían detrás del tren le recordaron a Capitán, el perro que tenía Marisol. Y cada vez que Esperanza veía junto a los rieles un altar decorado con cruces, flores y santos en miniatura, se preguntaba si el papá de alguien habría muerto en las vías y si habría una niña que lo extrañaba.

Esperanza abrió su maleta para comprobar si la muñeca seguía allí. La agarró y le alisó el vestido. Una niña descalza se acercó corriendo.

—Qué linda —dijo, y extendió la mano para tocar la muñeca. Esperanza la apartó bruscamente y la guardó de nuevo en la maleta, tapándola con los vestidos viejos.

—¡Linda! ¡Linda! —dijo la niña, corriendo de nuevo junto a su mamá. Y empezó a llorar.

Mamá y Hortensia dejaron de tejer y miraron a Esperanza.

Mamá miró a la mamá de la niña.

—Disculpen los malos modales de mi hija.

Esperanza miró sorprendida a Mamá. ¿Por qué

se disculpaba ante esa gente? Ella y Mamá ni siquiera debían estar sentadas en ese vagón.

Hortensia miró primero a una y luego a la otra y dijo, excusándose:

—Buscaré a Alfonso y a Miguel para ver si compraron tortillas en la estación.

Mamá miró a Esperanza.

—No te vas a morir si se la prestas un momento.

—Mamá, es pobre y está sucia... —dijo Esperanza.

Pero Mamá la interrumpió.

—Cuando desprecias a esta gente, desprecias a Miguel, Hortensia y Alfonso, y me avergüenzas y te avergüenzas a ti misma. Aunque sea difícil de aceptar, nuestra vida ha cambiado.

La niña siguió llorando. Tenía la cara tan sucia que las lágrimas dejaban un rastro en sus mejillas. De repente, Esperanza se sintió avergonzada y se puso colorada, pero aun así empujó la maleta con los pies un poco más debajo del asiento y le dio la espalda a Mamá.

Esperanza intentó no voltearse para mirar a la niña, pero no pudo evitarlo. Deseaba poder decirle a la mamá de la niña que ella siempre regalaba sus juguetes viejos al orfanato, pero que esta muñeca era especial. Además, la niña la habría manchado con sus manos.

Mamá rebuscó en su bolso y sacó un ovillo de hilo para tejer.

—Esperanza sostén las manos en alto —levantó las cejas y señaló con la cabeza a la niña. Esperanza sabía exactamente lo que Mamá quería hacer. Lo habían hecho muchas veces.

Mamá envolvió el hilo alrededor de las manos extendidas de Esperanza. Dio unas cincuenta vueltas hasta que las manos quedaron casi cubiertas. Luego pasó un trozo de hebra por el centro de la madeja y lo ató con fuerza antes de que Esperanza quitara las manos. Unas pulgadas por debajo del nudo, Mamá hizo otro nudo fuerte para formar una cabeza. Entonces cortó un extremo de la madeja, separó las hebras en distintas secciones y las trenzó para formar lo que parecían brazos y piernas. Sostuvo la muñeca de hilo en alto y se la ofreció a la niña, que corrió hacia Mamá, sonriendo, tomó la muñeca y regresó junto a su mamá.

La madre susurró algo en el oído de la niña.

—Gracias —dijo la niña tímidamente.

—De nada —dijo Mamá.

La mujer y los niños se bajaron en la siguiente parada. Esperanza vio a la niña detenerse junto a su ventana, saludar a Mamá con la mano y sonreír de nuevo. Antes de marcharse, hizo que la muñeca de hilo también dijera adiós con la mano.

Esperanza se alegró de que la niña se bajara del tren y se llevara la estúpida muñeca de hilo. De lo contrario, le habría recordado su propio egoísmo y la desaprobación de Mamá durante el resto del camino.

~

Chucuchú, chucuchú, chucuchú. La locomotora producía un sonido monótono mientras viajaban hacia el norte y las horas parecían el interminable ovillo de hilo de Mamá, devanándose ante ella. Todas las mañanas, el sol se asomaba por un cerro de Sierra Madre, penetrando a veces entre los pinos. Por la noche, se escondía detrás de otra cima, dibujando nubes rojas y montañas de color púrpura en el cielo crepuscular. Cuando la gente subía y bajaba, Esperanza y los demás cambiaban de asiento. Cuando el vagón se llenaba, tenían que ir parados. Cuando el vagón estaba más vacío, ponían las maletas bajo la cabeza e intentaban dormir en los bancos.

En cada parada, Miguel y Alfonso se apresuraban a salir del tren con un paquete. Desde la ventana, Esperanza los veía ir a un caño de agua, desenvolver un lienzo y empapar el bulto que había dentro. Luego volvían a envolverlo con el lienzo, subían al tren y lo ponían con cuidado en la bolsa de Alfonso.

—¿Qué hay ahí? —le preguntó Esperanza a Alfonso, cuando el tren salía de una estación.

—Lo verás cuando lleguemos—. Alfonso sonrió e intercambió una mirada pícara con Miguel.

Esperanza estaba enojada con Alfonso porque no le decía lo que había dentro. Estaba cansada de oír tararear a Hortensia y de ver tejer a Mamá, como si no pasara nada raro. Pero sobre todo, estaba aburrida con la plática constante de Miguel

74

sobre trenes. Hablaba con los inspectores. Se bajaba en todas las paradas y observaba a los maquinistas. Estudiaba el horario del tren y quería contarle todo a Esperanza. Parecía estar tan feliz como Esperanza irritada.

—Cuando llegue a California trabajaré en el ferrocarril —dijo Miguel, mirando ansioso al horizonte. Se habían puesto pedazos de papel de estraza en el regazo y comían pepinos con sal y chiles.

—Tengo sed. ¿Venden jugos en el otro vagón? —preguntó Esperanza.

—Hubiera trabajado en el ferrocarril —continuó Miguel, como si Esperanza no hubiera intentado cambiar de tema—, pero no es fácil conseguir un empleo en México. Necesitas una palanca para conseguir un trabajo en el ferrocarril. Yo no tengo conocidos, pero tu papá sí los tenía. Desde que era chico me prometió que me ayudaría. Y él hubiera mantenido su palabra. Él... él siempre cumplía las promesas que me hacía.

Al oír mencionar a Papá, Esperanza sintió de nuevo que se hundía. Miró a Miguel. Él volteó rápidamente la cabeza y miró fijamente la ventana, pero ella notó que tenía los ojos húmedos. Nunca había pensado en lo mucho que seguramente Papá había significado para Miguel. De pronto se dio cuenta de que aunque Miguel era un empleado, para Papá fue quizás el hijo que nunca tuvo. Pero la influencia de Papá ya no existía. ¿Qué pasaría ahora con los sueños de Miguel?

—¿Y en Estados Unidos? —preguntó Esperanza en voz baja.

—He oído decir que allí no hace falta una palanca. Incluso el hombre más pobre puede llegar a ser rico si trabaja duro.

～

Llevaban cuatro días y cuatro noches en el tren cuando subió una mujer que llevaba una jaula con seis gallinas coloradas. Las aves chillaban y cacareaban y, cuando agitaban las alas, pequeñas plumas rojizas flotaban por el vagón. La mujer se sentó frente a Mamá y Hortensia y enseguida les contó que se llamaba Carmen, que su esposo había muerto y la había dejado con ocho hijos y que venía de casa de su hermano, de ayudar a su familia porque había nacido otro bebé.

—¿Quieres un dulce? —le preguntó a Esperanza, mientras abría una bolsa.

Esperanza miró a Mamá, que sonrió y asintió.

Esperanza metió la mano dudando y sacó un dulce cuadrado de coco. Mamá nunca le había permitido tomar un dulce de un desconocido, especialmente de un pobre.

—Señora, ¿por qué viaja con las gallinas? —preguntó Mamá.

—Vendo huevos para mantener a mi familia. Mi hermano cría gallinas y me dio estas.

—¿Y puede mantener a toda su familia de esa manera? —preguntó Hortensia.

—Soy pobre, pero soy rica —contestó Carmen—, tengo a mis hijos, tengo un jardín con rosas y tengo mi fe y el recuerdo de aquellos que se fueron antes que yo. ¿Qué más quiero?

Hortensia y Mamá sonrieron, asintiendo con la cabeza, pero después de quedarse un momento pensativa, Mamá empezó a derramar ríos de lágrimas.

Las tres mujeres continuaron platicando mientras el tren dejaba atrás campos de elote, huertos de naranjas y vacas que pastaban en las colinas. Platicaron mientras el tren pasaba por pueblos chicos donde los niños se divertían corriendo detrás de los vagones. Muy pronto, Mamá le contó a Carmen todo lo que había pasado con Papá y tío Luis. Carmen, al escuchar los problemas de Mamá y Esperanza, hacía ruidos parecidos a los cloqueos de las gallinas. Esperanza miraba a Mamá y luego a Carmen y Hortensia. Le sorprendía la facilidad con la que Carmen se había sumergido en una conversación tan íntima. En cierto modo no le parecía bien. Mamá había sido siempre muy discreta y siempre se había preocupado por lo que se decía o no se decía. En Aguascalientes no le hubiera parecido correcto contarle sus problemas a una mujer que vendía huevos y, sin embargo, ahora no dudaba en hacerlo.

—Mamá —susurró Esperanza, en un tono que le había oído a Mamá muchas veces—, ¿crees que está bien contarle a una campesina nuestros problemas personales?

Mamá intentó no reírse y susurró:

—No importa, Esperanza, porque ahora nosotras también somos campesinas.

Esperanza hizo como si no oyera el comentario de Mamá. ¿Qué le pasaba? ¿Es que habían cambiado todas las reglas desde que subieron a ese tren?

Cuando el tren se detuvo en el pueblo de Carmen, Mamá le regaló tres carpetas lindísimas que había tejido.

—Para su casa —le dijo.

Carmen le dio a Mamá dos gallinas y las metió en una bolsa vieja que luego ató con una cuerda.

—Para su futuro —le dijo.

Entonces Mamá, Hortensia y Carmen se abrazaron como si fueran amigas de toda la vida.

—Buena suerte —se dijeron.

Alfonso y Miguel ayudaron a Carmen a bajar sus bultos y la jaula con las gallinas. Cuando Miguel volvió al tren, se sentó junto a Esperanza, cerca de la ventana. Vieron cómo Carmen saludaba a sus hijos que la estaban esperando. Los más pequeños se treparon a sus brazos.

Frente a la estación, una indígena inválida se

arrastraba de rodillas con la mano extendida hacia un grupo de señoras y caballeros, que llevaban ropa elegante como las que solían llevar Esperanza y Mamá. Esa gente le dio la espalda a la mendiga, pero Carmen se acercó y le dio una moneda y unas tortillas. La mujer la bendijo, haciendo la señal de la cruz. Luego, Carmen tomó a sus hijos de la mano y se fue.

—Tiene ocho hijos y vende huevos. Y sin embargo, aunque apenas se lo puede permitir, le regaló a tu madre dos gallinas y ayudó a una mujer inválida —dijo Miguel—. Los ricos se preocupan de los ricos y los pobres se preocupan de aquellos que tienen menos que ellos mismos.

—¿Y por qué Carmen tenía que preocuparse por la mendiga? —dijo Esperanza—. Mira, el mercado de frutas y verduras está cerca.

Miguel miró a Esperanza, arrugó la frente y sacudió la cabeza.

—Hay un dicho mexicano: las barrigas llenas y la sangre española van de la mano.

Esperanza lo miró y arqueó las cejas.

—¿Que no lo has notado? —dijo, con tono de

sorpresa—. La gente de sangre española, los que tienen la piel más clara, son los más ricos del país.

De repente, Esperanza se sintió culpable y no quiso reconocer que nunca se había dado cuenta de eso, y menos de que fuera cierto. Además, ahora se dirigían a Estados Unidos y seguro que eso allí no ocurría.

Esperanza se encogió de hombros.

—Eso lo dicen las viejas comadres.

—No —dijo Miguel—. Eso lo dicen los pobres.

LOS MELONES

Por la mañana llegaron a la frontera en Mexicali. El tren por fin se detuvo y todo el mundo se bajó. La tierra estaba seca y el paisaje era árido. Sólo había cactus, palmeras de dátiles y una que otra ardilla o correcaminos. Los inspectores del tren los reunieron a todos en un edificio donde tuvieron que hacer una cola muy larga para pasar por inmigración. Esperanza notó que a los que iban en los vagones de primera los llevaban a las colas más cortas y pasaban muy rápido.

El aire del edificio estaba impregnado del mal olor de la gente. Esperanza y Mamá tenían los rostros brillosos por el sudor, parecían cansadas y marchitas, y se hundían aun con el poco peso de sus maletas. Esperanza se iba poniendo cada vez más nerviosa a medida que se acercaba al mostrador. Miraba sus papeles y rogaba que estuvieran en orden. ¿Y si el funcionario encontraba algo mal? ¿La enviarían de vuelta donde sus tíos? ¿La arrestarían y la llevarían a la cárcel?

Llegó al mostrador y entregó los papeles.

El funcionario de inmigración parecía enojado sin razón.

—¿De dónde vienen?

Esperanza miró a Mamá, que estaba detrás de ella.

—Somos de Aguascalientes —dijo Mamá, adelantándose.

—¿Con qué fin viajan a Estados Unidos?

Esperanza tenía miedo de hablar. ¿Y si decía algo que las perjudicara?

—Para trabajar —dijo Mamá, entregándole también sus documentos.

—¿Qué tipo de trabajo? —preguntó el hombre.

La actitud de Mamá cambió. Se irguió y lentamente se secó la cara con un pañuelo. Miró al funcionario a los ojos y le habló con calma, como si le estuviera dando instrucciones sencillas a un empleado.

—Como ve, todo está en orden. El nombre de

la persona que nos ha contratado está escrito ahí. Nos están esperando.

El hombre observó a Mamá. Miró el rostro de ambas, luego los papeles, y otra vez sus rostros.

Erguida y orgullosa, Mamá no dejó de mirarle a la cara.

¿Por qué tardaba tanto?

Finalmente agarró el sello y estampó en todas las hojas las palabras "ciudadano mexicano". Les entregó sus papeles y les indicó que pasaran. Mamá tomó la mano de Esperanza y se apresuraron a subir a otro tren.

Se subieron y esperaron una hora a que todos los pasajeros pasaran por inmigración. Esperanza miraba por la ventana. Al otro lado de la vía, varios grupos de personas eran conducidos a otro tren que regresaba a México.

—Me duele el corazón cuando veo a esa gente. Hicieron todo el viaje hasta aquí, para que los manden de vuelta —dijo Mamá.

—Pero, ¿por qué? —preguntó Esperanza.

—Por muchas razones. No tenían papeles, los papeles eran falsos o no tenían prueba de que iban a trabajar. O quizás hubo algún problema con un miembro de la familia y todos prefirieron volver en lugar de separarse.

Esperanza pensó lo que significaría separarse de Mamá y, agradecida, la tomó de la mano y se la apretó.

Casi todo el mundo había subido al tren excepto Alfonso, Hortensia y Miguel. Esperanza no dejaba de buscarlos, y se ponía más nerviosa con cada minuto que pasaba.

—Mamá, ¿dónde estarán?

Mamá no dijo nada, pero Esperanza pudo ver la preocupación en sus ojos.

Finalmente, subió Hortensia. La máquina del tren empezó a sonar al ponerse en marcha.

Con la voz tensa, Esperanza preguntó:

—¿Y Alfonso y Miguel?

—Fueron a buscar agua —contestó Hortensia y señaló por la ventana.

Alfonso corría hacia el tren seguido por Miguel, agitando el paquete secreto y riéndose. El tren empezaba a moverse lentamente y subieron de un salto.

Esperanza quería enojarse con ellos por haberle hecho pasar un mal rato. Quería gritarles por haber esperado hasta el último minuto para ir a buscar agua para su paquete, que seguramente era una tontería. Pero cuando los vio, se reclinó en su asiento, relajada y aliviada, feliz de tenerlos a todos a su alrededor y sorprendida de alegrarse tanto por regresar al tren.

~

—¡Anza, ya llegamos! ¡Despierta!

Se incorporó todavía adormecida.

—¿Qué día es hoy? —preguntó.

—Llevas muchas horas durmiendo. ¡Despierta! Es jueves. ¡Y estamos en Los Ángeles!

—¡Mira, allí están! —dijo Alfonso, señalando por la ventana—. Mi hermano Juan y Josefina, su esposa. Y sus hijos, Isabel y los gemelos. Están todos aquí.

Una familia de campesinos los saludaba con la mano. Juan y Josefina sostenían cada uno a un bebé de casi un año en los brazos. Era fácil darse cuenta de que ese hombre era el hermano de Alfonso, aunque no tenía bigote. Josefina era gordita, tenía la cara redonda y la piel más blanca que la de Esperanza. Sonreía y saludaba con la mano que le quedaba libre. A su lado estaba una niña de unos ocho años, con un vestido demasiado grande para ella y sin medias. Era frágil y delicada, con grandes ojos de color café, trenzas largas y piernas flacas. A Esperanza le recordó a la muñeca que Papá le había regalado.

Hubo muchos abrazos entre los parientes.

—Escuchen todos, estas son la Sra. Ortega y Esperanza —dijo Alfonso.

—Alfonso, por favor, llámame Ramona.

—Sí, claro, señora. Mi familia siente que ya la conoce porque les he escrito muchas veces sobre usted en mis cartas.

Mamá abrazó a Juan y Josefina y dijo:

—Gracias por todo lo que hicieron por nosotras.

Miguel bromeaba con su prima, jalando sus trenzas.

—Esperanza, esta es Isabel.

Isabel miró a Esperanza, con los ojos abiertos de asombro y con una voz suave y susurrante, le preguntó:

—¿De verdad eras tan rica y hacías siempre lo que querías y tenías todas las muñecas y los lindos vestidos que se te antojaban?

Esperanza apretó los labios irritada. Se imaginaba las cartas que Miguel le había escrito. ¿Le habría contado a Isabel que en México estaban en orillas opuestas de un río?

—La camioneta está por aquí —dijo Juan—. Tenemos un largo viaje por delante.

Esperanza recogió su maleta y siguió al papá de Isabel. Miró a su alrededor y se quedó aliviada al comprobar que, a diferencia del desierto, en Los Ángeles había palmeras exuberantes, pasto verde y, aunque era septiembre, las rosas aún florecían en los jardines. Aspiró profundamente. El aroma de los naranjos de un huerto cercano era reconfortante y familiar. Quizás la vida aquí no iba a ser tan distinta.

Juan, Josefina, Mamá y Hortensia se apiñaron en

el asiento delantero de la destartalada camioneta. Isabel, Esperanza, Alfonso y Miguel se sentaron en la parte de atrás con los dos bebés y las dos gallinas coloradas. Parecía que el vehículo servía para transportar animales y no personas, pero Esperanza no le dijo nada a Mamá. Además, después de tantos días en el tren, sintió alivio al estirar las piernas.

El destartalado vehículo daba tumbos mientras se alejaba del valle de San Fernando, subiendo colinas cubiertas de arbustos secos. Esperanza se sentó con la espalda apoyada en la cabina. El viento cálido movía su cabello. Alfonso ató una manta a los listones de madera para hacer una especie de toldo.

Los bebés, Lupe y Pepe, eran querubines de ojos oscuros, con gruesos mechones de pelo negro. A Esperanza le sorprendió lo mucho que se parecían; sólo se distinguían porque Lupe llevaba unos diminutos aretes de oro. Pepe se subió al regazo de Esperanza y Lupe se subió al de Isabel. Cuando el niño se durmió, su cabeza se deslizó por el brazo de Esperanza, dejando un rastro de sudor.

—¿Siempre hace tanto calor aquí? —preguntó.

—Mi papá dice que hace calor porque el aire es muy seco y a veces hace más calor todavía —dijo Isabel—. Por lo menos, es mejor que vivir en El Centro porque ya no tenemos que vivir en una carpa.

—¿Una carpa?

—El año pasado, en la época de los melones, trabajamos en un campamento de El Centro, en el valle Imperial, cerca de la frontera. Vivíamos en una carpa con el piso de tierra y no había agua corriente y teníamos que cocinar afuera, pero después nos mudamos a Arvin, en el norte. Es adonde vamos ahora. El campamento es de una gran compañía y nos cobran siete dólares al mes, pero mi papá dice que vale la pena tener agua corriente, electricidad y cocina en la casa. Dice que la hacienda tiene seis mil acres.

Isabel se inclinó hacia Esperanza y sonrió como si fuera a contarle un secreto importante.

—También hay una escuela. La semana próxima voy a ir a la escuela y aprenderé a leer. ¿Tú sabes leer?

—Claro —dijo Esperanza.

—¿Irás a la escuela? —preguntó Isabel.

—Fui a un colegio privado desde que tenía cuatro años, así que ya pasé el octavo grado. Cuando venga mi abuela, quizás vaya a la escuela secundaria.

—Bueno, cuando yo vaya a la escuela, aprenderé todo en inglés —dijo Isabel.

Esperanza asintió e intentó devolverle la sonrisa. Pensó que a Isabel la hacían felices cosas muy insignificantes.

Las montañas áridas de color café se elevaban cada vez más y un halcón de cola roja los siquió por mucho tiempo.

La camioneta traqueteaba subiendo una pendiente empinada, pasando cañones áridos. A Esperanza empezaron a molestarle los oídos. ¿Cuánto faltaba?

—Pronto pararemos para almorzar —dijo Isabel.

Continuaron por colinas doradas, esculpidas suavemente con cimas redondeadas, hasta que finalmente, Juan disminuyó la velocidad y viró por una carretera más pequeña. Llegaron a un área donde sólo había un árbol y se bajaron del camión. Josefina extendió una manta en el suelo y luego abrió un paquete con burritos, aguacates y uvas. Comieron sentados a la sombra. Mamá, Hortensia y Josefina platicaban, vigilando a los más pequeños, mientras Isabel se acostó sobre la manta, entre Alfonso y Juan. Se durmió enseguida.

Esperanza se alejó del grupo, agradecida de no estar balanceándose en un camión o un tren. Caminó hasta un mirador. Abajo, las quebradas desembocaban en un arroyo que se veía como una línea plateada. Allí se respiraba paz. El silbido de las hierbas secas movidas por el viento era lo único que rompía el silencio.

Con los pies sobre tierra firme por primera vez en muchos días, Esperanza recordó lo que Papá le había enseñado cuando era chica: si se acostaba sobre la tierra y se quedaba quieta y callada podría oír latir el corazón del valle.

—Papá, ¿crees que podré oírlo desde aquí?

Se acostó boca abajo y extendió los brazos, abrazando la tierra. Dejó que el silencio la envolviera y escuchó.

Pero no oyó nada.

"Sé paciente —se dijo a sí misma—, aguántate tantito y la fruta caerá en tu mano."

Escuchó de nuevo, pero no oyó ningún latido. Lo intentó una vez más. Deseaba oírlo con todas sus fuerzas. No hubo ningún "*tom, tom*" reconfortante. Ningún latido de la tierra... ni de Papá. Solamente se oía el sonido áspero de la hierba seca.

Obstinada, Esperanza apretó la oreja con fuerza contra el suelo.

—¡No puedo oírlo! —golpeó la tierra—. ¡Déjame oírlo!

De sus ojos brotaron lágrimas como si alguien hubiera exprimido una naranja madura. Se sintió invadida por una sensación de confusión e inseguridad.

Se tumbó boca arriba y las lágrimas le rodaron hasta las orejas. Sólo veía el vasto cielo con sus remolinos azules y blancos y empezó a sentir que flotaba, que se elevaba. Siguió subiendo y la sensación de elevarse le gustaba, pero de pronto le pareció que nada la sujetaba y le entró miedo. Buscó en su corazón un lugar donde su vida estuviera bien anclada, pero no lo encontró y cerró los ojos y apretó las palmas de las manos contra la tierra, para comprobar si aún seguía ahí. Le dio la impresión de que se caía y rodaba por el aire caliente. Estaba empapada en sudor y sentía frío y náuseas. Empezó a jadear.

De repente, todo se volvió negro.

Alguien se inclinó sobre ella.

Se incorporó rápidamente. ¿Cuánto tiempo llevaba en la oscuridad? Se tocó el pecho que le palpitaba y miró a Miguel.

—Anza, ¿estás bien?

Respiró profundamente y se sacudió el vestido. ¿Realmente había flotado sobre la tierra? ¿La había visto Miguel? Sentía la cara roja e hinchada.

—Estoy bien —dijo rápidamente, limpiándose las lágrimas—. No le digas nada a Mamá. Ya sabes… ella se preocupa…

Miguel asintió y se sentó a su lado. Sin hacerle preguntas, la tomó de la mano y se quedó a su lado. En medio del silencio sólo se podía oír la respiración entrecortada de Esperanza.

—Yo también lo extraño —susurró Miguel,

apretándole la mano—. Extraño a Abuelita, el rancho, México y todo, y siento lo que te dijo Isabel. Eso no es lo que yo pienso.

Esperanza se quedó mirando los cerros de color púrpura y café oscuro que había en la distancia y dejó que las lágrimas corrieran por sus mejillas. Esta vez, Esperanza no soltó la mano de Miguel.

⁓

Bajaban una pendiente empinada por la Autopista 99 cuando Isabel gritó:

—¡Miren!

Esperanza se fue hacia un lado de la camioneta. Al dar la vuelta a una curva, parecía que las montañas se habían separado como el telón de un escenario para mostrar el valle de San Joaquín, que se extendía como una colcha de sembradíos. Las parcelas de tonos amarillo, café y verde parecían no tener fin. Siguieron por la carretera hasta que llegaron al valle y Esperanza miró hacia atrás, hacia las montañas de donde habían venido. Parecían patas monstruosas de un león que descansaba al borde del cerro.

Un camión azul de carga lleno de melones hizo sonar su claxon y Juan se apartó para dejarlo pasar. Luego sucedió lo mismo con otro camión. Pasó una caravana de camiones, todos cargados con pilas altas de melones redondos.

A un lado de la autopista, se extendían las vides en hileras ordenadas. Al otro lado, campos y campos inmensos de plantas de algodón formaban un mar de bolitas blancas. No era un paisaje ondulado, como el de Aguascalientes. Hasta donde alcanzaba la vista no se veía ni una sola colina. Esperanza se sintió mareada al mirar el mar de hileras rectas de uvas y tuvo que voltear la cabeza.

Finalmente doblaron hacia el este de la autopista. La camioneta iba ahora más despacio y Esperanza vio trabajadores en los campos. La gente los saludaba y Juan hacía sonar la bocina. Luego detuvo la camioneta a un lado del camino y señaló un campo donde habían recogido la cosecha. La finca estaba cubierta de vides secas y melones olvidados cubrían el suelo.

—Ya han quitado los marcadores del campo.

Podemos llevarnos todos los que podamos transportar —les dijo a los demás.

Alfonso saltó, le pasó una docena de melones a
Miguel, luego se subió al estribo de la camioneta y
golpeó la cabina para que Juan continuara la marcha. Los melones, calientes por el sol del valle, rodaban y daban volteretas con cada salto de la
camioneta. Dos muchachas que caminaban por el
borde de la carretera los saludaron y Juan se detuvo
de nuevo. Se subió una de ellas que debía tener la
misma edad que Miguel. Tenía las facciones angu-
losas y el pelo negro, corto y rizado. Se recostó
contra un lado del camión, con las manos detrás de
la cabeza y se quedó mirando a Esperanza, aunque
sus ojos seguían a Miguel siempre que podía.

—Esta es Marta —dijo Isabel—. Vive en otro
campamento, donde recogen algodón, pero es de
otra compañía. Sus tíos viven en el nuestro, así que
a veces se queda con ellos.

—¿De dónde eres? —preguntó Marta.

—Aguascalientes. El Rancho de las Rosas
—respondió Esperanza.

—Nunca oí hablar de El Rancho de las Rosas. ¿Es un pueblo?

—Es el rancho donde vivían —dijo Isabel con orgullo, con los ojos redondos brillantes—. El papá de Esperanza era el dueño del rancho y de miles de acres de tierra. Tenía montones de empleados y lindos vestidos. También fue a un colegio privado. Miguel es mi primo y él y sus papás trabajaban allí.

—¿Así que eres una princesa convertida en campesina? ¿Dónde están tus joyas?

Esperanza se quedó mirándola y no dijo nada.

—¿Qué te pasa? ¿Se te atragantó una cuchara de plata en la boca? —su tono era desafiante y mordaz.

—Un incendio lo destruyó todo. Ella y su mamá han tenido que venir a trabajar, como nosotros —dijo Miguel.

Confusa, Isabel añadió:

—Esperanza es buena gente. Su papá murió.

—Bueno, mi papá también murió —dijo Marta—. Antes de venir a este país luchó en la revolución mexicana contra personas como su padre, que eran dueños de toda la tierra.

Esperanza miraba a Marta sin pestañear. ¿Qué había hecho para merecer los insultos de esa muchacha? Con los dientes apretados, respondió:

—Tú no sabes nada de mi papá. Era un hombre bueno y generoso, y dio muchas de sus propiedades a sus empleados.

—Puede ser —respondió Marta—, pero hubo muchos ricos que no lo hicieron.

—Eso no es culpa de mi papá.

Isabel señaló uno de los campos, intentando cambiar de tema.

—Esos son filipinos —dijo—. Viven en un campamento aparte. ¿Y ves allí?—. Señaló un campo al final de la carretera. —Esos son de Oklahoma. Viven en el Campamento 8. También hay un campamento de japoneses. Todos vivimos y trabajamos separados. No dejan que nos mezclemos.

—No quieren que nos unamos para pedir salarios más altos o viviendas mejores —dijo Marta—. Los dueños piensan que a los mexicanos no nos importa no tener agua caliente si creemos que nadie la tiene. No quieren que hablemos con los "okies", los de Oklahoma, ni con ninguno de los otros para que no descubramos que tienen agua caliente. ¿Entiendes?

—¿Los "okies" tienen agua caliente? —preguntó Miguel.

—Todavía, no, pero si la consiguen, iremos a la huelga.

—¿Huelga? —dijo Miguel—. ¿Quieres decir que dejarás de trabajar? ¿No necesitas el empleo?

—Claro que necesito el empleo, pero si todos los trabajadores se unen y no trabajan, quizás todos consigamos mejores condiciones.

—¿Son tan malas las condiciones? —preguntó Miguel.

—Algunos sitios no están mal. El campamento donde van ustedes es de los mejores. Incluso tienen fiestas. Este sábado por la noche hay una "jamaica".

Isabel se volvió hacia Esperanza.

—Te encantarán las "jamaicas". Durante el verano las tenemos todos los sábados por la noche.

Hay música, comida y baile. Este sábado es la última del año porque pronto hará demasiado frío.

Esperanza asintió y trató de prestar atención a Isabel. Marta y Miguel platicaban y se reían. Un sentimiento desconocido fue creciendo en su interior. Deseaba echar a Marta de la camioneta y regañar a Miguel por hablar con ella. ¿No se había dado cuenta de su mala educación?

Siguió cavilando mientras la camioneta dejaba atrás millas de árboles jóvenes de tamarisco que parecían marcar el límite de una propiedad.

—Detrás de esos árboles está el campamento mexicano donde vivimos —dijo Isabel.

Marta le hizo una mueca a Esperanza y dijo:

—Para que lo sepas muy bien: esto no es México. Aquí nadie te va a servir —y con una sonrisa fingida le dijo—: ¿Entiendes?

Esperanza la miró en silencio. Lo único que entendía era que no le gustaba Marta.

LAS CEBOLLAS

—Ya llegamos —dijo Isabel, mientras la camioneta se internaba en el campamento y
disminuía la velocidad hasta detenerse.
Esperanza se paró y miró por encima de la cabina.

Estaban en un campo despejado rodeado de viñedos. Las cabañas blancas de madera formaban hileras que se sucedían una detrás de otra. En cada
cabaña había una ventana pequeña y dos peldaños
de madera que conducían a la puerta. Esperanza
pensó que las de los empleados de Aguascalientes
eran mejores. Le recordaron más a los establos del
rancho que a las viviendas de la gente. Al este se
erguía una gran montaña que enmarcaba el valle
por un costado.

Marta saltó de la camioneta y corrió hacia unas
muchachas paradas cerca de las cabañas. Esperanza
las oyó hablar en inglés, sus palabras eran fuertes y
entrecortadas, como si tuvieran palitos en la boca.
Todas se voltearon a mirarla y se echaron a reír.

Esperanza les dio la espalda pensando que si Isabel podía aprender inglés, quizás ella también podría aprender algún día.

Una fila de camiones de carga se detuvo en una explanada y los campesinos se bajaron. Habían regresado a casa de los campos. La gente se saludaba. Los niños corrían hacia sus padres gritando: "¡Papi, papi!". Esperanza se sintió descorazonada. Los observó y se preguntó cómo podría encajar en ese mundo.

—Allí están los retretes —dijo Isabel señalando una construcción de madera, situada a un lado.

Esperanza se sobrecogió al imaginarse lo que sería no tener privacidad.

—Tenemos suerte —dijo Isabel con seriedad—. En algunos campamentos teníamos que conformarnos con letrinas.

Esperanza la miró, tragó saliva y asintió, de pronto agradecida.

Un capataz se acercó a ellos y le dio la mano a Juan y Alfonso y señaló la cabaña frente a la camioneta. Las mujeres se bajaron de la camioneta, agarraron a los bebés y ayudaron a Miguel con las maletas.

Mamá y Esperanza entraron en la cabaña. Tenía dos habitaciones pequeñas. La habitación de delante tenía una estufa, un lavabo y un pequeño mostrador que ocupaban la mitad del cuarto. También había una mesa y sillas. Junto a la estufa había una pila de leña. En el otro lado de la habitación había un colchón en el suelo. En la habitación de atrás había otro colchón suficientemente grande para dos personas y un catre diminuto. En el medio había un cajón de frutas que se usaba como mesita de noche, entre las dos camas. Arriba había otra pequeña ventana.

Mamá miró a su alrededor y luego sonrió débilmente a Esperanza.

—¿Es esta nuestra cabaña o la de Hortensia y Alfonso? —preguntó Esperanza, deseando que la suya y la de Mamá fuera mejor.

—Estamos todos juntos en esta cabaña —dijo Mamá.

—¡Mamá, es imposible que quepamos todos!

—Esperanza, solamente dan una cabaña a cada hombre con su familia. No hay cabañas para mujeres solas. Este es un campamento familiar, así que debemos tener un jefe de familia que viva y trabaje aquí. Y ese es Alfonso —le explicó Mamá. Se hundió en la cama y su voz sonó cansada—. Alfonso ha dicho que somos sus primas y si alguien nos pregunta, debemos decir que es verdad. Si no, no podremos quedarnos. Estamos al lado de Juan y Josefina, así que podemos arreglarnos para dormir. Miguel dormirá en la cabaña de al lado con ellos y los bebés. Isabel dormirá aquí con Alfonso, Hortensia y nosotras.

Miguel entró y dejó sus maletas. Luego se marchó. Esperanza oía a Alfonso y Hortensia en la habitación de al lado, platicando sobre la oficina del campamento.

Mamá empezó a deshacer las maletas y se puso a cantar.

Esperanza sentía que la ira le subía por la garganta.

—Mamá, ¡esto es vivir como caballos! ¿Cómo puedes cantar? ¿Cómo puedes estar feliz? Ni siquiera tenemos una habitación propia.

La plática de la habitación contigua se acabó de golpe.

Mamá miró a Esperanza fijamente por un rato y fue a cerrar la puerta de la pequeña habitación.

—Siéntate —dijo.

Los muelles crujieron cuando Esperanza se sentó en el diminuto catre.

Mamá se sentó en la cama que había al otro lado, rozando las rodillas de su hija.

—Esperanza, si nos hubiéramos quedado en México y yo me hubiera casado con tío Luis, habríamos tenido una opción, la de estar separadas y ser muy desgraciadas. Aquí tenemos dos opciones: estar juntas y ser desgraciadas o estar juntas y felices. Mija, nos tenemos la una a la otra, y Abuelita vendrá. ¿Cómo quisiera ella que te comportaras? Yo prefiero estar feliz. ¿Y tú?

Sabía lo que Mamá quería oír.

—Yo también —dijo en voz baja.

—¿Sabes lo afortunadas que somos, Esperanza? Mucha gente viene a este valle y tiene que esperar meses antes de encontrar empleo. A Juan le costó muchísimo conseguirnos esta cabaña. Por favor, agradece los favores que nos hacen.

Mamá se agachó y la besó. Luego salió de la habitación. Esperanza se acostó en el catre.

Unos minutos más tarde, Isabel entró y se sentó en la cama.

—¿Me contarás cómo era todo cuando eras tan rica?

Esperanza la miró. Los ojos de Isabel anticipaban una historia maravillosa.

Esperanza se quedó callada un momento y luego le dijo:

—Todavía soy rica, Isabel. Nos quedaremos aquí hasta que Abuelita esté bien para viajar. Después vendrá con su dinero y compraremos una gran casa. Una casa de la que Papá se hubiera sentido orgulloso. Quizás compremos dos casas para que Hortensia, Alfonso y Miguel vivan en una y vuelvan a trabajar para nosotros. Y tú podrás visitarnos, Isabel. Verás, esto es sólo temporal. Aquí no estaremos mucho tiempo.

—¿De veras? —preguntó Isabel.

—Sí, es verdad —dijo Esperanza, mirando el techo que alguien había cubierto con periódicos y cartones—. Mi papá nunca habría querido que viviéramos en un lugar como este —cerró los ojos y oyó a Isabel salir de puntillas de la habitación y cerrar la puerta.

El cansancio de los días de viaje la invadió. Empezó a repasar en su mente lo que había visto, desde la gente que orinaba en letrinas y la rudeza de Marta, hasta los establos de El Rancho de las Rosas. ¿Cómo podía ser feliz o estar agradecida cuando nunca había sido tan desgraciada en toda su vida?

～

Cuando Esperanza abrió los ojos ya era casi de día. Escuchó a Mamá, Hortensia y Alfonso hablando en la habitación contigua. Esperanza se había dormido antes de la cena y no se despertó durante toda la noche. Olía a café y chorizo. Su estómago empezó a rugir y se preguntó cuándo fue la última vez que había comido. Isabel todavía dormía en la cama de al lado. Esperanza salió sin hacer ruido y se puso una falda larga y arrugada y una camisa blanca. Se cepilló el cabello y salió a la otra habitación.

—Buenos días —dijo Mamá—. Siéntate y come algo. Debes tener hambre.

En la mesa, Hortensia le dio unas palmaditas en la mano:

—Te perdiste ayer la visita a la oficina del capataz. Firmamos los papeles para vivir aquí y tenemos trabajo desde hoy.

Mamá le sirvió un plato de tortillas, huevos y chorizo.

—¿De dónde salió toda esta comida? —preguntó Esperanza.

—Josefina la trajo —dijo Hortensia—. Compró algunas cosas hasta que podamos ir de compras este fin de semana.

—Esperanza —dijo Mamá—, tú e Isabel cuidarán a los bebés mientras todos los demás trabajamos. Alfonso y Juan recogerán la vendimia y Hortensia, Josefina y yo empacaremos las uvas en los cobertizos.

—¡Pero yo quiero trabajar contigo, con Hortensia y con Josefina!

—No tienes edad para trabajar en los cobertizos e Isabel no tiene edad para cuidar a los bebés

ella sola. Si cuidan a los bebés, Josefina podrá trabajar y tendrá un empleo mejor remunerado. Todos
debemos poner algo de nuestra parte. También
tendrás un empleo en el campamento: todas las
tardes tienes que barrer la tarima de madera. Si lo
haces bien, nos deducirán un poquito de la renta
todos los meses. Más tarde, Isabel te mostrará lo
que tienes qué hacer.

—¿Qué es la tarima? —preguntó Esperanza.

—Es la plataforma enorme de madera que hay
afuera en medio del campamento. Juan dijo que se
usa para reuniones y bailes —respondió Mamá.

Esperanza miró fijamente su comida. No quería
quedarse en el campamento con los niños.

—¿Dónde está Miguel? —preguntó.

—Se fue a Bakersfield con otros hombres para
buscar trabajo en el ferrocarril —dijo Alfonso.

Isabel salió de la habitación, restregándose los
ojos.

—Mi sobrina —dijo Hortensia, dándole un
abrazo—, ve a dar los buenos días a tus padres antes de que se marchen a trabajar.

Isabel la abrazó y corrió a la cabaña de al lado.

Esperanza observaba a Mamá mientras se preparaba un burrito de frijoles y lo envolvía con papel. Parecía distinta. ¿Era por el vestido largo de algodón y el delantal de flores grandes que llevaba anudado a la cintura? No, era algo más.

—Mamá —dijo Esperanza—, ¡tu pelo!

El cabello de Mamá le bajaba por la espalda, casi hasta la cintura, en una sola trenza. Esperanza nunca había visto a Mamá con el pelo de esa manera. Siempre lo llevaba peinado hacia arriba, recogido en una bella trenza o, cuando iba a acostarse, cepillado y suelto. Así, Mamá parecía más bajita, como si no fuera ella. A Esperanza no le gustó.

Mamá alargó la mano y le acarició la cabeza. Parecía avergonzarse un poco.

—Yo... bueno, imaginé que no podía llevar el pelo recogido en la cabeza. Esto tiene más sentido ¿no? Después de todo, no voy de fiesta, voy a trabajar.

Luego abrazó a Esperanza.

—Debemos irnos ahora. Los camiones salen a

las 6:30 para llevarnos a los cobertizos. Cuida bien a los bebés y quédate con Isabel. Ella conoce el campamento.

Cuando los tres salieron, Esperanza vio que Mamá extendía la mano y, vacilante, se tocaba de nuevo el cabello.

Cuando Esperanza terminó de comer, salió y se detuvo en los peldaños. Su cabaña era la última de la hilera y daba a los campos. Al frente, al otro lado de un camino de tierra, había varios cinamomos y moreras que daban sombra a una mesa de madera. Más allá de la fila de árboles había viñas todavía lozanas. A la derecha, detrás de un campo de hierba, estaba la carretera. Un camión de carga lleno de verduras pasó dejando una nube de desperdicios.

Por el penetrante olor, Esperanza supo que llevaba cebollas. El viento esparció unas cáscaras por el suelo. Otro camión lo siguió y, de nuevo, el olor le lastimó el olfato.

Aunque todavía era temprano y soplaba un aire fresco, el sol brillaba con fuerza y Esperanza sabía que pronto haría calor. Las gallinas picoteaban y rebuscaban por los peldaños. Debían estar contentas de no seguir en el tren. Esperanza volvió para ir a la cabaña contigua y las gallinas salieron espantadas.

Los bebés todavía estaban en pijama. Isabel luchaba para darle la avena a Lupe, y Pepe gateaba por el suelo. Todavía tenía pegotes de cereal en las mejillas. En cuanto vio a Esperanza se lanzó a sus brazos.

—Vamos a lavarlos y luego te muestro el campamento —dijo Isabel.

Isabel llevó a Esperanza a la tarima que debía barrer y le mostró dónde se guardaban las escobas. Luego caminaron por las filas de cabañas, cada una con un bebé en la cadera. Al pasar frente a las puertas abiertas, Esperanza sintió el olor de los frijoles y las cebollas que alguien ya había puesto a cocer para la cena. Las mujeres arrastraban grandes tinas de metal hasta la sombra de los árboles. Un grupo de niños pateaba una pelota en el camino, levantando polvo. Una niña, que llevaba una camiseta de hombre a manera de vestido, corrió hasta Isabel y la tomó de la mano.

—Esta es Silvia, mi mejor amiga. La próxima semana iremos juntas a la escuela.

Silvia se cambió de sitio y agarró la mano libre de Esperanza.

Esperanza miró las manos sucias de Silvia. Silvia le sonrió, pero el primer pensamiento de Esperanza fue retirar su mano y lavársela cuanto antes. Entonces recordó la amabilidad de Mamá con la campesina del tren y su disgusto con Esperanza. No quería que Silvia se echara a llorar si le retiraba la mano. Miró el campamento polvoriento y pensó que debía ser difícil estar limpia en un lugar así. Apretó la mano de Silvia y dijo:

—Yo también tengo una amiga. Se llama Marisol y vive en Aguascalientes.

Isabel presentó a Esperanza a Irene y Melina, dos mujeres que tendían la ropa en un cordel colgado entre las cabañas y un árbol. Irene tenía el pelo largo y canoso sujeto en una coleta. Melina no parecía mayor que Miguel y, sin embargo, ya tenía un bebé.

—Nos contaron cómo vinieron de Aguascalientes —dijo Melina—. Mi esposo es de allá. Trabajaba para el Sr. Rodríguez.

El rostro de Esperanza se iluminó al oír aquello.

—¿Su esposo conoció a Marisol, la hija del Sr. Rodríguez?

Melina se echó a reír.

—Seguro que no. Era un campesino. No es posible que conociera a la familia.

Esperanza se sintió avergonzada porque no quería que Melina se sintiera obligada a admitir que su esposo era un sirviente. Pero a Melina no pareció importarle y empezó a nombrar otras granjas de Aguascalientes donde su esposo había trabajado.

Isabel jaló a Esperanza del brazo.

—Debemos cambiar a los bebés .

Mientras regresaban a la cabaña, dijo:

—Son madre e hija. Vienen mucho a platicar y tejer croché con mi madre.

—¿Cómo saben tanto de nosotras?

Isabel levantó la mano. Juntó y separó varias veces el pulgar y los otros dedos como si fuera una boca hablando.

—En este campamento, todo el mundo sabe lo que les pasa a los demás.

~

—¿Sabes cambiar pañales? —preguntó Esperanza cuando volvieron a la cabaña.

—Claro —dijo Isabel—. Yo los cambio y tú los lavas. También tenemos que lavar ropa.

Esperanza vio cómo la niña acostaba a los bebés, primero a uno y después al otro, quitaba los imperdibles de los pañales, los limpiaba y volvía a ponerles pañales limpios.

Isabel le dio a Esperanza los bultos malolientes y dijo:

—Llévalos a los retretes y vacíalos allá. Yo llenaré la tina de agua. Esperanza sujetó los pañales con el brazo completamente extendido y salió disparada a los retretes. A su lado pasaron más camiones de carga con cebollas y el olor se le metió en los ojos y la nariz tanto como el de los pañales. Cuando volvió, Isabel ya había llenado dos tinas de una cañería que había afuera y revolvía el jabón en el agua. Adentro había una tabla de lavar.

Esperanza se acercó a la tina y vaciló al ver el agua. En la superficie del agua con jabón flotaban cáscaras de cebolla. Sujetó un pañal por una esquina y empezó a meterlo y a sacarlo en el agua sin mojarse la mano. Después de unos segundos, lo sacó cautelosamente.

—Y ahora... ¿qué? —dijo.

—¡Esperanza, tienes que refregarlos! Así.

Isabel se acercó, agarró los pañales y los sumergió en el agua hasta los codos. El agua enseguida se puso de color café. Frotó los pañales con jabón y los restregó con fuerza una y otra vez sobre la tabla de lavar. Luego los escurrió y los puso en la siguiente tina, enjuagándolos y escurriéndolos de nuevo. Sacudió los pañales limpios y los colgó en la cuerda extendida entre las moreras y los cinamomos. Luego empezó a lavar la ropa. Esperanza estaba asombrada. Ella nunca había lavado nada y sin embargo Isabel, que tenía solamente ocho años, lo hacía con toda facilidad.

—¿No sabes lavar ropa? —le preguntó Isabel sorprendida.

—Bueno, Hortensia lo llevaba todo a la lavandería. Y los empleados siempre... Miró a Isabel y negó con la cabeza.

Isabel abrió más los ojos. Parecía preocupada.

—Esperanza, la semana próxima, cuando yo vaya a la escuela, tú estarás aquí sola con los bebés y tendrás que lavar la ropa.

Esperanza respiró profundamente y dijo con voz débil:

—Puedo aprender.

—Y más tarde tendrás que barrer la tarima. ¿Sabes... sabes barrer?

—Claro —dijo Esperanza. Había visto barrer muchas veces. Muchas, muchas veces, se dijo a sí misma. Además, bastante vergüenza le había dado no saber lavar como para admitir nada más.

⁓

Isabel se sentó con los bebés mientras Esperanza iba a barrer la tarima. El campamento estaba tranquilo y, aunque era tarde, el sol brillaba con fuerza. Agarró una escoba y se subió al piso de madera. Por todas partes había cáscaras de cebolla secas y quebradizas.

Esperanza no había tenido una escoba en las manos en toda su vida, pero había visto barrer a Hortensia e intentó visualizarla. No podía ser tan difícil. Agarró la escoba con las dos manos por la mitad y la movió adelante y atrás. Se balanceó con fuerza. El movimiento no parecía natural y la arena fina que había en la tarima se convirtió en una nube. Las cáscaras de cebolla se levantaron en el aire en lugar de juntarse en una pila ordenada como las de Hortensia. Esperanza no sabía qué hacer con los brazos. Sentía que le bajaban ríos de sudor por el cuello. Se detuvo un momento y se quedó mirando la escoba, como si le pidiera que se portara bien. Lo intentó de nuevo. No se había dado cuenta de que varios trabajadores bajaban de unos camiones, cerca de donde ella estaba. De pronto, oyó unas risitas ahogadas y después risas más fuertes. Se dio la vuelta. Un grupo de mujeres se reía de ella y en el medio del grupo estaba Marta, que la señalaba:

—¡La cenicienta! —dijo riéndose.

Ardiendo de humillación, Esperanza soltó la escoba y corrió a la cabaña.

Entró en su habitación y se sentó en el borde del catre. Volvió a ruborizarse al recordar cómo había hecho el ridículo. Todavía estaba allí sentada, mirando la pared, cuando llegó Isabel.

—Dije que podía trabajar. Le dije a Mamá que la ayudaría, pero ni siquiera sé lavar ropa ni barrer el piso. ¿Lo sabe todo el campamento?

Isabel se sentó a su lado en la cama y le dio unas palmaditas en la espalda.

—Sí.

—Nunca podré asomar la cara de nuevo —gimió Esperanza y se sujetó la cabeza con las manos hasta que oyó que alguien entraba en la habitación.

Era Miguel. Llevaba una escoba y un recogedor y sonreía. Ella bajó la mirada y se mordió el labio para no llorar delante de él.

Miguel cerró la puerta, se paró delante de ella y dijo:

—¿Cómo vas a saber barrer el piso? Sólo aprendiste a dar órdenes, pero no es culpa tuya. Anza, mírame.

Esperanza levantó la vista.

—Presta atención —dijo Miguel, muy serio—. La escoba se sujeta así. Una mano aquí y otra aquí.

Esperanza lo miró.

—Luego la empujas o la jalas hacia ti así. Toma, inténtalo —le dijo, dándole la escoba. Esperanza se levantó despacio y la agarró. Miguel le colocó las manos en el mango y ella intentó imitarle, pero sus movimientos eran desmesurados.

—Movimientos más pequeños —dijo Miguel, dirigiéndola—, y barre todo en el mismo sentido.

Ella hizo lo que le decía.

—Entonces, cuando tengas todo en una pila, sujetas la escoba por la parte de abajo, cerca del extremo y empujas la basura al recogedor.

Esperanza recogió la basura.

—¿Ves? Puedes hacerlo —Miguel levantó sus gruesas cejas y sonrió—. Quizás algún día llegues a convertirte en una buena empleada.

Isabel se echó a reír.

Esperanza todavía no veía el chiste de la situación. Con voz melancólica dijo:

—Gracias, Miguel.

—A sus órdenes, mi reina —le contestó Miguel sonriendo y haciendo una reverencia en broma.

Esperanza recordó que había ido a buscar trabajo al ferrocarril.

—¿Conseguiste empleo?

Su sonrisa se esfumó. Se metió las manos en los bolsillos y se encogió de hombros.

—No. Yo puedo arreglar cualquier máquina, pero a los mexicanos sólo los contratan para poner las vías y cavar zanjas, no para trabajar de mecánicos. He decidido trabajar en el campo hasta que pueda convencer a alguien de que me dé una oportunidad.

Esperanza asintió.

Cuando Miguel se marchó, Isabel dijo:

—¡Te llama "mi reina"! ¿Me contarás cómo era tu vida cuando eras una reina?

Esperanza se sentó y dio unas palmaditas en el colchón. Isabel se sentó.

—Isabel, te contaré cómo vivía, te hablaré de las fiestas, el colegio privado y los lindos vestidos. Incluso te enseñaré la preciosa muñeca que me re-

galó mi papá, si tú me enseñas a poner pañales, lavar la ropa y...

—¡Pero eso es tan fácil! —la interrumpió
Isabel.

Esperanza se levantó y practicó con la escoba.

—Para mí no lo es.

LAS ALMENDRAS

—¡Ay! Me duele el cuello —dijo Mamá, mientras se daba un masaje en la nuca.

—A mí lo que me duelen son los brazos —dijo Hortensia.

—A todo el mundo le pasa lo mismo —dijo Josefina—. Cuando se empieza a trabajar en los cobertizos, el cuerpo se niega a estar agachado, pero con el tiempo uno se acostumbra.

Esa noche todos volvieron a casa cansados, con dolores y calambres. Se reunieron en una cabaña para comer y la habitación estaba muy llena y ruidosa. Josefina calentó una olla con frijoles y Hortensia hizo tortillas frescas. Juan y Alfonso hablaron de los campos mientras Miguel e Isabel jugaban con los bebés y los hacían reír. Mamá preparó arroz y Esperanza se sorprendió al ver que Mamá sabía dorarlo con aceite, cebolla y pimientos. Esperanza cortó los tomates para la ensalada y deseó que nadie mencionara nada sobre su forma de barrer. Se alegraba de que el día hubiera concluido. A ella le dolía el orgullo.

Isabel tomó una tortilla, le puso sal, la enrolló como si fuera un cigarro y la agitó delante de Miguel.

—¿Por qué tú y el tío Alfonso no me dejan ir detrás de la cabaña con ustedes?

—Shhh —dijo Miguel—. Es una sorpresa.

—¿Por qué tienen tantos secretos? —preguntó Esperanza.

Pero ni Miguel ni Alfonso respondieron. Simplemente sonrieron mientras preparaban sus platos.

Comieron, pero antes de cortar un melón en rodajas para el postre, desaparecieron y pidieron que nadie los siguiera.

—¿Qué están haciendo? —quiso saber Isabel.

Hortensia se encogió de hombros como si no supiera nada.

Miguel volvió justo antes de la puesta del sol.

—Señora, Esperanza, tenemos algo que mostrarles.

Esperanza miró a Mamá. Era evidente que Mamá estaba tan confundida como ella. Siguieron a Miguel hasta el lugar donde los esperaba Alfonso.

Detrás de la cabaña había una tina vieja y ovalada con un extremo cortado, colocada en forma vertical, a modo de nicho, con una imagen de plástico de Nuestra Señora de Guadalupe. Alguien había construido una gruta de piedra al pie de la tina. Alrededor había un pedazo de tierra, protegido por una valla de palos y cuerdas, donde habían plantado unos tallos espinosos que solamente tenían algunas ramas.

—¡Es precioso! —dijo Isabel, boquiabierta—. ¿Es nuestra imagen?

—Sí, pero las rosas vienen de muy lejos —asintió Josefina.

Esperanza escrutó el rostro de Miguel, con ojos esperanzados:

—¿Son las de Papá?

—Sí, son las rosas de tu papá —dijo Miguel, sonriéndole.

Alfonso había cavado círculos de tierra alrede-

dor de cada planta, casitas, que servían de fosos para
regar a fondo, como lo hacía en Aguascalientes.

—¿Pero, cómo es posible?

Esperanza recordaba la rosaleda como una
tumba ennegrecida.

—Después del incendio, mi padre y yo sacamos
las plantas con las raíces. Muchas seguían vivas.
Trajimos los brotes de Aguascalientes y por eso teníamos que mantenerlos húmedos. Creemos que
crecerán. Ya veremos cuántos florecen.

Esperanza se inclinó para mirar de cerca los tallos enterrados en el abono. Eran cortos y sin hojas, pero estaban plantados con mucho amor.
Recordó la noche anterior al incendio, cuando había visto las rosas por última vez y había pensado
pedirle a Hortensia que le hiciera un té de rosas,
pero no tuvo oportunidad. Ahora, si florecían, podría beber los recuerdos de esas rosas que habían
conocido a Papá. Miró a Miguel, parpadeando
para no llorar.

—¿Cuál es la tuya?

Miguel señaló una.

—¿Cuál es la mía?

Miguel sonrió y señaló a la que estaba más cerca de la pared de la cabaña, que ya tenía un enrejado provisional junto a ella.

—Para que pueda trepar —dijo.

Mamá caminaba de un lado a otro tocando con cuidado todos los brotes. Tomó las manos de Alfonso y lo besó en ambas mejillas. Luego se acercó a Miguel e hizo lo mismo.

—Muchas gracias —dijo.

—¿No te dije que el corazón de Papá nos acompañaría dondequiera que fuéramos? —le dijo a Esperanza.

A la mañana siguiente, Hortensia tapó la ventana con un pedazo de tela y envió a Alfonso a la cabaña de al lado donde estaban Miguel, Juan y los bebés. Hortensia, Mamá y Josefina trajeron las tinas grandes de lavar ropa y las llenaron hasta la mitad con agua fría. Luego calentaron agua para el baño en unas ollas. Esperanza estaba emocionada con la idea de entrar en la tina. Desde que llegaron solamente se lavaba la cara y los brazos con agua fría en el lavabo. No se había dado un baño de verdad desde que salió de Aguascalientes, pero era sábado y por la noche era la "jamaica", así que todo el campamento se estaba aseando. Todos se bañaban, planchaban las camisas, se lavaban y se rizaban el cabello.

Hortensia había bañado a Esperanza desde que esta era una niña y tenían una rutina bien establecida. Esperanza se quedaba parada junto a la tina con los brazos extendidos, mientras Hortensia la desnudaba. Luego se metía en la tina e intentaba no reírse mientras Hortensia la lavaba. Inclinaba la cabeza hacia atrás, con los ojos cerrados, para que le enjuagara el cabello. Finalmente se paraba y asentía, que era la señal para que Hortensia la envolviera en la toalla.

Esperanza se acercó a una de las tinas, extendió las manos hacia los lados y se quedó esperando. Josefina miró a Hortensia y arqueó las cejas.

—Esperanza, ¿qué haces? —preguntó Isabel.

—He estado pensando que ya eres bastante mayor para bañarte tú sola, ¿no crees? —le dijo Mamá a Esperanza con suavidad.

Esperanza bajó los brazos rápidamente y recordó la voz burlona de Marta diciendo: "Aquí nadie te servirá".

—Sí, Mamá —dijo, y por segunda vez en dos días, sintió que la cara le ardía y todos la miraban.

Hortensia se acercó y dijo:

—Estamos acostumbradas a hacer las cosas de una determinada manera, ¿verdad, Esperanza?, pero creo que no soy tan vieja como para no poder cambiar. Nos ayudaremos unas a otras. Yo te desabrocharé los botones que no alcances y tú ayudarás a Isabel, ¿verdad? Josefina, necesitamos más agua caliente en estas tinas. Ándale.

Mientras Hortensia la ayudaba a desabrocharse la blusa, Esperanza susurró:

—Gracias.

Isabel y Esperanza se metieron en las tinas las primeras. Se bañaron y luego inclinaron la cabeza para lavarse el cabello. Mamá y Josefina vertieron agua sobre su pelo para enjuagarlo. Las mujeres se turnaban para calentar más agua. A Esperanza le gustaba estar en esa habitación tan chica, platicando, riendo y enjuagándose el pelo mutuamente. Josefina y Hortensia contaban todas las habladurías del campamento. Mamá se sentó en su taburete y le desenredó el pelo a Isabel. Las mujeres se turnaron y cuando Hortensia necesitó agua caliente, Esperanza corrió a buscarla antes que nadie.

Limpias y vestidas, con el pelo todavía mojado, Esperanza e Isabel fueron a la mesa de madera que había bajo los árboles. Josefina les había dado una bolsa de yute con almendras para que las pelaran.

Isabel se inclinó y se cepilló el cabello.

—¿Vienes esta noche a la "jamaica"? —preguntó.

Esperanza no respondió enseguida. No había salido de la cabaña desde que hizo el ridículo el día anterior.

—No sé. Quizás.

—Mi mamá dijo que es mejor vencer la pena y enfrentarse a la gente. Y si te toman el pelo, deberías reírte —dijo Isabel.

—Lo sé —dijo Esperanza, mesándose el cabello que estaba ya casi seco. Partió una almendra y se la comió—. Supongo que Marta estará allí.

—Seguramente —dijo Isabel—. Y también todas sus amigas.

—¿Por qué sabe hablar inglés?

—Porque nació aquí y su madre también. Ellas son ciudadanas —dijo Isabel, mientras la ayudaba a pelar las almendras—. Su padre vino de Sonora durante la revolución. Nunca han estado en México. Muchos chicos que viven en este campamento no han estado nunca en México. A mi papá no le gusta que Marta venga a nuestras "jamaicas" porque siempre habla de ir a la huelga. En la temporada de la almendra casi hubo una huelga, pero no todos se pusieron de acuerdo para dejar de trabajar. Mi mamá dice que si hubiera habido una huelga, habríamos tenido que ir nosotros mismos a las plantaciones a sacudir los árboles para conseguir las almendras.

—Entonces tenemos suerte. ¿Qué va a hacer tu mamá con estas almendras?

—Flan de almendra —dijo Isabel—. Los venderá en la "jamaica" de esta noche.

A Esperanza se le hizo la boca agua. El flan de almendra era uno de sus postres preferidos.

—Entonces ya decidí: Iré.

~

La tarima estaba iluminada con focos potentes. Algunos hombres del campamento, con camisas planchadas y almidonadas y sombreros de ranchero, estaban sentados en unas sillas afinando sus guitarras y violines. Había largas filas de mesas cubiertas con manteles de alegres colores donde las mujeres vendían tamales, postres y la especialidad de la fiesta: agua de jamaica, un ponche que se hacía con la flor de la jamaica. Había bingos sobre las mesas de madera y una larga fila de sillas en torno a la zona de baile para los que quisieran mirar. Allí se sentaron Hortensia y Mamá, platicando con otras mujeres. Esperanza se quedó cerca, contemplando cómo llegaba cada vez más gente.

—¿De dónde viene toda esta gente? —preguntó. Había escuchado a Juan decir que en su campamento vivían unas doscientas personas, pero allí había muchas más.

—Estas fiestas son populares. La gente viene de otros campamentos —dijo Josefina—. Y también viene de Bakersfield.

Cuando empezó la música, todos se reunieron alrededor de la tarima, aplaudiendo, cantando y bailando. Los niños corrían por todas partes. Los hombres llevaban a los más chicos sobre los hombros y las mujeres arrullaban a los bebés; todos se balanceaban con la música de la pequeña banda.

Después de un rato, Esperanza dejó a Mamá y a los demás y caminó entre la multitud, pensando en lo extraño que era estar en medio de tanta gente y sin embargo sentirse tan sola. Vio unas niñas que parecían tener su edad, pero ella no era de ese grupo. Lo que más le habría gustado era que Marisol estuviera allí.

Isabel la encontró y la jaló de la mano.

—Esperanza, ven, mira.

Esperanza se dejó llevar entre la multitud. Alguien había traído una camada de gatitos de la ciudad. Un grupo de niñas se apiñaba junto a la caja de cartón para arrullarlos y acariciarlos. Se notaba que Isabel se moría por tener uno.

—Iré a preguntarle a tu mamá —le susurró Esperanza y regresó a través de la multitud. Josefina dio su permiso y Esperanza fue corriendo a contarle a Isabel, pero cuando llegó, la multitud era aún mayor y pasaba algo diferente.

Marta y algunas de sus amigas estaban paradas en el remolque de un camión de carga y cada una sostenía uno de los gatitos.

—¡Esto es lo que somos! —gritó—, animales pequeños y temerosos. Y así es como nos tratan porque no nos quejamos. ¡Si no pedimos lo que tenemos derecho a tener, nunca lo conseguiremos! ¿Es así como queremos vivir?

Sostenía a un gatito por la piel del cuello, que colgaba indefenso frente a la multitud.

—¿Sin un hogar decente y en manos de aquellos que son más ricos que nosotros?

Isabel temblaba con expresión de pánico.

—¿Lo dejará caer?

Un hombre gritó:

—Quizás ese gato solamente quiere alimentar a su familia. Quizás no le importa lo que hagan otros gatos.

—Señor, ¿no le importa que algunos de sus compadres vivan mejor que otros? —respondió una de las amigas de Marta—. Iremos a la huelga dentro de dos semanas. En plena cosecha de algodón, ¡para pedir mejores sueldos y mejores viviendas!

—¡En este campamento todavía no recogemos algodón! —gritó otro hombre.

—¡Qué importa! Si todos dejamos de trabajar, si todos los mexicanos nos unimos... —gritó Marta con el puño en alto—. ¡Quizás consigamos ayudar a todos!

El señor respondió:

—No podemos arriesgarnos. Simplemente no podemos dejar de trabajar. Para eso vinimos aquí. ¡Vete de nuestro campamento!

La gente empezó a vitorear y a empujarse a su alrededor y Esperanza agarró a Isabel de la mano y la apartó a un lado.

Un muchacho saltó al camión y lo puso en marcha. Marta y los demás lanzaron los gatitos al campo. Luego ayudaron a subir a algunos de sus seguidores a la parte de atrás del camión de carga y levantaron los brazos gritando: "¡Huelga, huelga!".

—¿Por qué está tan enojada? —preguntó Esperanza, mientras regresaba a la cabaña unas horas más tarde con Josefina, Isabel y los bebés, ya que los demás habían decidido quedarse hasta más tarde. Isabel llevaba en los brazos un gatito amarillo que maullaba.

—Ella y su mamá se mudan mucho en busca de trabajo, a veces por todo el estado —dijo Josefina—. Trabajan donde hay cosechas. Esos campamentos, los campamentos migratorios, son los peores.

—¿Como cuando estábamos en El Centro? —preguntó Isabel.

—Peor —dijo Josefina—. Nuestro campamento es de una empresa y la gente que trabaja aquí no se marcha. Algunos viven aquí durante años. Para eso vinimos a este país, para trabajar, para cuidar a nuestras familias, para hacernos ciudadanos. Tenemos suerte porque nuestro campamento es mejor que la mayoría de los otros. Muchos de nosotros no queremos ir a la huelga porque no podemos perder nuestros empleos y estamos acostumbrados a las cosas de nuestra pequeña comunidad.

—¿Quieren ir a la huelga para conseguir mejores viviendas? —preguntó Esperanza.

—Eso y también mejor paga para los que recogen algodón —dijo Josefina—. Solamente les pagan siete centavos por cada libra de algodón. Quieren diez centavos. Parece un precio muy bajo y sin embargo, los productores se niegan a pagarlo. Y ahora viene más gente al valle en busca de empleo, especialmente de lugares como Oklahoma, donde hay poco trabajo, poca lluvia y poca esperanza. Si los mexicanos van a la huelga, las grandes plantaciones simplemente contratarán a otros. Entonces ¿qué vamos a hacer?

Esperanza se preguntó que pasaría si Mamá no tuviera trabajo. ¿Tendrían que volver a México?

Josefina acostó a los bebés, luego les dio un beso en la frente a Isabel y Esperanza y las envió a la cabaña de al lado.

Isabel y Esperanza estaban acostadas en sus camas, escuchando la música y las carcajadas. El gatito, después de beber un tazón de leche, se acurrucó en los brazos de Isabel. Esperanza intentó imaginar un lugar en condiciones más precarias que esa habitación cubierta de periódicos para que no entrara el viento. ¿Las cosas podían ser peores?

Con voz somnolienta, Isabel dijo:

—¿Tenías fiestas en México?

—Sí —susurró Esperanza, manteniendo la promesa que le había hecho a Isabel de contarle todo sobre su antigua vida—. Grandes fiestas. Una vez, mi mamá organizó una fiesta para cien personas. La mesa estaba puesta con manteles de encaje, vasos de cristal, vajilla y candelabros de plata. Los empleados cocinaron durante una semana...

Esperanza continuó, reviviendo esos momentos extravagantes, pero se sintió aliviada cuando se dio cuenta de que Isabel estaba dormida. Por algún motivo, después de oír los problemas de Marta y su familia, se sentía culpable de hablar de la vida holgada que había llevado en Aguascalientes.

Esperanza seguía despierta cuando llegó Mamá a acostarse. Un rayo de luz procedente de la otra habitación le permitió ver a Mamá soltarse el cabello y cepillarlo.

—¿Te gustó la fiesta? —susurró Mamá.

—Extraño a mis amigas —dijo Esperanza.

—Ya sé que es muy duro. ¿Sabes lo que yo extraño? Mis vestidos.

—¡Mamá! —dijo Esperanza, riéndose de Mamá por atreverse a admitir algo así delante de ella.

—Shhh —dijo Mamá—. Despertarás a Isabel.

—Yo también extraño mis vestidos, pero parece que aquí no los necesitamos.

—Es verdad. Esperanza, ¿sabes que estoy muy orgullosa de ti? Por todo lo que estás aprendiendo.

Esperanza se acurrucó junto a ella. Mamá continuó:

—Mañana vamos a una iglesia a Bakersfield. Después de misa, iremos a una tienda que se llama Cholita's. Josefina dice que venden todo tipo de panecillos dulces y dulces mexicanos.

Se quedaron calladas, escuchando la respiración de Isabel.

—¿Por qué rezarás en la iglesia? —preguntó Mamá.

Esperanza sonrió. Ella y Mamá habían hecho eso muchas veces antes de acostarse.

—Encenderé una vela por la memoria de Papá —dijo—. Rezaré para que Miguel encuentre un trabajo en el ferrocarril. Le pediré a Nuestra Señora que me ayude a cuidar a Lupe y Pepe mientras Isabel está en la escuela. Y rezaré por un dulce de coco con una raya roja encima.

Mamá rió suavemente.

—Pero sobre todo rezaré para que Abuelita se mejore y para que pueda sacar dinero del banco de tío Luis, y pueda venir pronto.

Mamá acarició el cabello de Esperanza.

—Mamá, ¿por qué rezarás tú?

—Yo rezaré por todo lo que dijiste, Esperanza y por una cosa más.

—¿Qué?

Mamá la abrazó.

—Rezaré por ti, Esperanza, para que seas fuerte, pase lo que pase.

LAS CIRUELAS

Mientras se dirigían a la parada del autobús, Isabel le recitaba una lista de recomendaciones a Esperanza y hablaba de la misma manera que lo hacían Josefina y Mamá cuando se iban por la mañana.

—Primero pon a dormir a Pepe y cuando se duerma, pon a dormir a Lupe. Si no, se ponen a jugar y no se duermen nunca. Y Lupe no come plátanos...

—Ya sé —dijo Esperanza mientras acomodaba a Pepe en la cadera.

Isabel le alcanzó a Lupe y subió los escalones del autobús amarillo. Se sentó y saludó desde la ventana. Esperanza se preguntó quién estaba más preocupada, ella o Isabel.

Esperanza hizo un esfuerzo para regresar con los dos bebés a la cabaña. Gracias a Dios, Isabel ya la había ayudado a darles el desayuno y a vestirlos.

Los dejó sobre una manta en el piso con algunas ta-
zas de aluminio y bloques de madera y luego puso
una gran olla con frijoles al fuego. Hortensia los
había preparado antes, con una cebolla grande y
varios dientes de ajo, y le había dicho a Esperanza
que los cocinara a fuego lento, que los removiera y
que, de vez en cuando, añadiera agua. Removió los
frijoles y vigiló a Lupe y Pepe mientras jugaban.
"Si Abuelita me viera, se sentiría orgullosa de mí".

Después, Esperanza buscó algo para alimentar a
los bebés. Sobre la mesa había un tazón con ciruelas maduras. "Estas parece que están bastante blan-
das", pensó. Tomó varias, les quitó el hueso y las
aplastó con un tenedor. A los dos bebés les encan-
taron y pedían más después de cada cucharada.
Esperanza aplastó tres ciruelas más y los niños se
lo comieron todo. Los dejó comer hasta que estuvieron satisfechos y empezaron a alborotar y a buscar su biberón con leche.

—Se acabó el almuerzo —dijo Esperanza mientras les limpiaba la cara y pensaba, agradecida, que
muy pronto sería la hora de la siesta. Les cambió

los pañales sucios, recordando todas las instrucciones de Josefina e Isabel. Tal como le había dicho
Isabel, acostó a Pepe con el biberón y, cuando se
durmió, acostó a Lupe a su lado. Esperanza se
acostó también, preguntándose por qué estaba tan
cansada, y se quedó dormida. Se despertó con el
llanto de Lupe y un olor atroz. Esperanza la tomó
en los brazos y la sacó de la habitación para que no
despertara a Pepe. Le puso un pañal limpio, enrolló el sucio y lo puso junto a la puerta para llevarlo
luego a los retretes. Cuando dejó a Lupe en el piso,
encontró a Pepe sentado en la cama en las mismas
condiciones. Repitió el cambio de pañal. Cuando
los dos niños estuvieron limpios, los dejó en la
cama y salió corriendo a los retretes para enjuagar
los pañales. Luego regresó corriendo a la cabaña.

Cuando llegó, se encontró con un olor diferente. ¡Los frijoles! Había olvidado echar más
agua. Fue a mirar y parecía que solamente se habían
chamuscado un poco los del fondo, así que añadió
un poco de agua y los removió.

Los bebés lloraban y no se volvieron a dormir.

Los dos se ensuciaron de nuevo y la pila de pañales cada vez era mayor. "Deben estar enfermos", pensó Esperanza preocupada. ¿Tendrían gripe o sería algo que habían comido? Últimamente nadie había estado enfermo. ¿Qué habían comido? Solamente su leche y las ciruelas.

—¡Las ciruelas! —exclamó. Les habían hecho daño.

¿Qué le daba Hortensia a ella cuando era chica y estaba enferma? Trató de recordar. ¡Agua de arroz!, pero ¿cómo la hacía? Esperanza puso una olla al fuego y añadió una taza de arroz. No estaba segura de cuánta agua tenía que añadir, pero recordó que cuando el arroz no salía blando, Hortensia siempre decía que necesitaba más agua. Añadió bastante agua e hirvió el arroz. Luego escurrió el agua y la dejó enfriar. Se sentó en el piso con los bebés y les dio cucharadas de agua de arroz durante toda la tarde, contando los minutos hasta que Isabel entró por la puerta.

—¿Qué pasó? —preguntó Isabel, cuando al llegar vio la pila de pañales junto a la puerta.

—Les hicieron daño las ciruelas —dijo Esperanza, señalando el plato que seguía encima de la mesa donde las había aplastado.

—¡Oh, Esperanza, pero si son muy chicos para comer eso! Todo el mundo sabe que los bebés no pueden comer ciruelas crudas —dijo Isabel.

—Bueno, ¡yo no soy todo el mundo! —gritó Esperanza. Agachó la cabeza y se tapó la cara con las manos. Pepe se subió a su regazo, haciendo gorgoritos de felicidad.

Esperanza miró a Isabel, arrepentida de haberle gritado.

—Perdón, ha sido un día muy largo. Les di agua de arroz y parece que ya están bien.

—¡Eso es exactamente lo que había que hacer! —dijo Isabel sorprendida.

Esperanza dejó escapar un largo suspiro de alivio.

Esa noche, nadie mencionó la cantidad de pañales lavados que había en la tina de afuera, ni los frijoles quemados, ni la olla con arroz en el lavabo. Y nadie le preguntó nada a Esperanza cuando dijo que estaba agotada y que deseaba irse a dormir temprano.

∽

La vendimia tenía que concluir antes de las primeras lluvias de otoño y había que recoger las uvas rápidamente. Por eso ya no había sábados ni domingos, sólo días laborables. Todavía hacía mucho calor, con temperaturas por encima de los 90 grados, y en cuanto Isabel se metía en el autobús de la escuela, Esperanza volvía a la cabaña con los bebés. Les preparaba los biberones y los dejaba jugar mientras hacía las camas. Luego, siguiendo las instrucciones de Hortensia, empezaba a preparar la comida antes de lavar la ropa. Le sorprendía lo cálido y seco que era el aire. Muchas veces, la ropa ya estaba seca y lista para doblar a los pocos minutos de haberla tendido.

Irene y Melina llegaron después del almuerzo y Esperanza extendió una manta a la sombra. A Esperanza le gustaba estar con Melina. A veces era como un niña chica y jugaba con Isabel y Silvia, otras veces le contaba chismes a Esperanza como si fueran compañeras de la escuela, pero también se podía portar como una mujer adulta, con un bebé recién nacido y un esposo, y prefería tejer con las mujeres mayores por las noches.

—¿Sabes tejer croché? —le preguntó Melina.

—Un poco, algunos puntos —dijo Esperanza, recordando la colcha de Abuelita con hileras en zigzag que había olvidado desempacar.

Melina dejó a su bebé dormido sobre la manta y tomó su labor. Irene recortó un saco de harina estampado con flores pequeñas para hacer un vestido.

Esperanza les hizo cosquillas a Pepe y a Lupe y ellos se rieron.

—Te adoran —dijo Melina—. Ayer cuando te fuiste a barrer la tarima y me quedé con ellos, empezaron a llorar.

Era cierto. Los dos bebés sonreían en cuanto Esperanza entraba en la habitación y siempre la buscaban, especialmente Pepe. Lupe tenía buen carácter y era menos exigente, pero Esperanza aprendió a vigilarla con atención, porque a menudo se alejaba y en cuanto se daba la vuelta, la perdía de vista. Esperanza les acarició las espaldas a Lupe y Pepe, esperando que se durmieran pronto, pero estaban inquietos y aunque tenían los biberones, no conseguían dormirse. El cielo de la tarde tenía un aspecto peculiar, teñido de amarillo, y había tanta electricidad estática en el ambiente que el cabello de los bebés se quedaba parado.

—Hoy es el día de la huelga —dijo Melina—. Oí que esta mañana no iban a trabajar.

—Todos hablaron de eso anoche, en la comida —dijo Esperanza—. Alfonso dijo que se alegraba de que en este campamento todos fueran a trabajar. Está orgulloso de que no participemos en la huelga.

Irene continuó trabajando con el saco de harina y dijo, meneando la cabeza:

—Muchos mexicanos todavía tienen la revolución en la sangre. Comprendo a los que van a la huelga y también a los que queremos seguir trabajando. Todos queremos las mismas cosas: comer y alimentar a nuestros hijos.

Esperanza asintió. Había decidido que si ella y Mamá tenían que traer a Abuelita, no podían permitirse ir a la huelga. Todavía no. No cuando necesitaban dinero y un techo tan desesperadamente. Le preocupaba lo que muchos decían: si ellos no trabajaban, los de Oklahoma se quedarían con sus trabajos con mucho gusto. Entonces, ¿qué harían?

Una ola repentina de viento caliente le arrancó a Irene el saco de harina de las manos y lo arrastró hasta los campos.

Los bebés se incorporaron, asustados. Otra ola caliente los golpeó y levantó los extremos de la manta y Lupe extendió los brazos hacia Esperanza, llorando.

Irene se paró y señaló hacia el este. El cielo se oscurecía con nubes de color ámbar y varias plantas de color café llegaron volando hasta ellas.

Un remolino marrón acechaba sobre las montañas.

—¡Una tormenta de polvo! —dijo Irene—. ¡Apúrense!

Agarraron a los niños y se metieron en la casa. Irene cerró la puerta y empezó a cerrar las ventanas.

—¿Qué pasa? —preguntó Esperanza.

—Una tormenta de polvo. Nunca habrás visto algo igual —dijo Melina—. Son horribles.

—¿Y Mamá, Hortensia y los demás? Alfonso, Miguel... todos están en los campos.

—Irán a recogerlos con los camiones —dijo Irene.

Esperanza miró por la ventana. Los miles de acres de terreno plantados empezaban a ser devorados por la tormenta y el cielo se convertía en un remolino marrón. Ya no se veían los árboles que estaban a unas pocas yardas. Entonces empezó el ruido. Primero muy bajito, como si fuera una lluvia suave, y después más fuerte cuando el viento empujó los diminutos granos de arena contra las ventanas y los tejados de metal. La tierra llovía sobre la cabaña, agujereando todo lo que encontraba a su paso.

—Aléjate de la ventana —le advirtió Irene—. El viento y la tierra pueden romper el vidrio.

El polvo empezaba a colarse por la puerta y entre las tres intentaron sellarla con trapos. Esperanza no podía dejar de pensar en los demás. Isabel estaba en la escuela y los maestros se ocuparían de ella, pero Mamá, Hortensia y Josefina estaban en un cobertizo sin paredes. Esperaba que los camiones las trajeran pronto. Y no quería ni pensar lo que podía estar pasando en los campos. Alfonso, Juan y Miguel, ¿podrían respirar?

Irene, Melina y Esperanza se sentaron en el colchón de la habitación intentando calmar a los bebés. El calor era horrible en la habitación cerrada y el aire era denso y pesado. Irene empapó varias toallas para humedecer las caras de los bebés y las suyas. Al hablar, sentían el sabor a tierra.

—¿Cuánto suele durar? —preguntó Esperanza.

—A veces, horas —dijo Irene—. Primero se detiene el viento y luego el polvo.

Esperanza oyó un maullido junto a la puerta. Corrió hasta ella y, empujando con fuerza contra el viento, abrió una rendija. Chiquita, la gatita de Isabel, entró a toda velocidad. No había rastro de su pelo amarillo. Estaba cubierta de una capa de tierra de color café.

Finalmente los bebés se durmieron. Irene tenía razón. El viento dejó de soplar, pero el polvo todavía continuaba haciendo remolinos como si pudiera impulsarse solo. Melina cubrió a su bebé con una manta y se fue corriendo con Irene hasta su cabaña. Esperanza esperó paseando nerviosamente por la habitación, muy preocupada por los demás.

Primero llegó el autobús de la escuela.

Isabel entró en la cabaña gritando:

—¡Mi gata, Chiquita!

Esperanza la abrazó.

—Está bien, aunque muy sucia. Está escondida debajo de la cama. ¿Estás bien?

—Sí —dijo Isabel—. Pasamos toda la tarde en el comedor y jugamos con los borradores, pero estaba preocupada por Chiquita.

La puerta se abrió de nuevo y Mamá entró en la cabaña cubierta de un polvo café claro y su cabello tan lleno de tierra como el pelo del gato.

—¡Oh, Mamá!

—Estoy bien, mija —dijo, tosiendo.

Hortensia y Josefina entraron detrás de ella. Isabel puso alarmada las manos en sus mejillas.

—Parecen... parecen mapaches —dijo. Tenían unos círculos rosados alrededor de los ojos que les salieron por haberlos entrecerrado para protegerse del viento.

—Los camiones no encontraban el camino, así

que tuvimos que sentarnos a esperar —dijo Hortensia—. Nos ocultamos detrás de unas cajas grandes y nos tapamos la cabeza, pero no sirvió de mucho.

Josefina llevó a los bebés a la cabaña de al lado y Mamá y Hortensia empezaron a lavarse las manos, dejando el agua llena de tierra. Mamá seguía tosiendo.

—¿Y Alfonso, Juan y Miguel? —preguntó Esperanza.

—Si los camiones no podían llegar hasta nosotras, tampoco debieron llegar a los campos. Tendremos que esperar —dijo Hortensia, mientras intercambiaba una mirada de preocupación con Mamá.

Unas horas más tarde llegaron Juan, Alfonso y Miguel con la ropa tiesa y de color café, todos tosiendo y aclarándose la garganta a cada rato. La tierra seca que tenían pegada a la cara le recordaba a Esperanza la cerámica agrietada. Se turnaron para lavarse en el lavabo, mientras la pila de ropa de color café crecía en la cesta. Cuando Esperanza miró afuera, apenas se podían ver los árboles, y el aire seguía lleno de polvo. Mamá tuvo un ataque de tos y Hortensia trató de calmarla con un vaso de agua.

Cuando los adultos se sentaron finalmente a la mesa, Esperanza preguntó:

—¿Qué pasó con la huelga?

—No hubo huelga —dijo Alfonso—. Oímos que todos estaban listos y que eran cientos, con carteles, pero en eso llegó la tormenta. El algodón está cerca del suelo y ahora no se puede recoger porque los campos están cubiertos de tierra. Mañana no tendrán trabajo por fuerza mayor.

—¿Qué haremos mañana? —preguntó Esperanza.

—Las uvas están más alejadas del suelo —dijo Alfonso—. Los troncos de las vides están cubiertos de tierra, pero la fruta está bien. Las uvas están maduras y no pueden esperar. Así que mañana volveremos a trabajar.

A la mañana siguiente, el cielo estaba azul y despejado y el polvo se había asentado, cubriendo todo como una capa de cuero. Todos los que vivían en el campamento se sacudieron la tierra, fueron a trabajar y volvieron a casa como si nada hubiera ocurrido.

En una semana acabaron la vendimia. Luego, mientras terminaban de empacar las uvas, ya hablaban de prepararse para las papas. La rutina del campo se repetía como las hileras de los cultivos. Casi nada parecía cambiar, pensaba Esperanza, excepto las necesidades de la tierra y Mamá. Mamá cambió porque después de la tormenta nunca dejó de toser.

⁓

—¡Mamá, estás muy pálida! —dijo Esperanza.

Mamá entró lentamente en la cabaña, como si intentara mantener el equilibrio y se dejó caer sobre una silla de la cocina.

Hortensia llegó apresurada detrás de ella.

—Voy a cocinarle sopa de pollo con mucho ajo. Hoy se tuvo que sentar en el trabajo porque se mareaba, pero no me extraña, porque no come. Mírala, ha perdido peso. No ha sido la misma desde la tormenta, y ya ha pasado un mes. Creo que debería ir al médico.

—Mamá, escúchala —suplicó Esperanza.

Mamá la miró débilmente.

—Estoy bien, sólo un poco cansada. No estoy acostumbrada al trabajo y ya te dije que los médicos son muy caros.

—Irene y Melina vendrán a tejer después de cenar —dijo Esperanza, pensando que eso animaría a Mamá.

—Siéntate tú con ellas —dijo Mamá—. Me voy a acostar hasta que la sopa esté lista porque me duele la cabeza. Después de comer me iré derecho a la cama y descansaré. Así estaré bien—. Tosió, se levantó y caminó despacio hasta la habitación.

Hortensia miró a Esperanza y movió la cabeza.

Unas horas después, Esperanza se acercó a Mamá.

—La sopa está lista, Mamá.

Pero Mamá no se movió.

—Mamá, la cena —dijo Esperanza, tomándola del brazo y moviéndolo suavemente. El brazo de Mamá estaba ardiendo, tenía las mejillas muy rojas y no se despertaba.

Esperanza sintió pánico mientras la agitaba y gritaba:

—¡Hortensia!

⁓

Llegó el médico. Era norteamericano, de piel clara y rubio, pero hablaba español perfectamente.

—Parece muy joven para ser médico —dijo Hortensia.

—Ya vino otras veces al campamento y la gente confía en él —dijo Irene—. Y no hay muchos doctores que vengan hasta aquí.

Alfonso, Juan y Miguel esperaban sentados en los peldaños de afuera. Isabel estaba sentada en el colchón, con mirada preocupada. Esperanza no podía estarse quieta. Se paseaba cerca de la puerta de la habitación, intentando escuchar lo que pasaba adentro.

Cuando por fin el médico salió, tenía un aspecto preocupado. Se dirigió hacia la mesa donde estaban sentadas las mujeres. Esperanza lo siguió.

El médico hizo una señal a los hombres y esperó hasta que todos entraron.

—Tiene la fiebre del valle.

—¿Qué es eso? —preguntó Esperanza.

—Es una enfermedad de los pulmones causada por las esporas del polvo. A veces, cuando alguien se muda a esta zona y no está acostumbrado al aire de aquí, las esporas del polvo se meten en sus pulmones y causan una infección.

—Pero todos estuvimos en la tormenta de polvo —dijo Alfonso.

—Todos los que viven en este valle inhalan las esporas en algún momento. La mayoría de las veces el cuerpo puede superar la infección. Hay personas que no tienen ningún síntoma. Otras quizás tienen síntomas de gripe durante varios días. Y otras, por la razón que sea, no pueden luchar contra la infección y se enferman.

—¿Es muy grave? —preguntó Hortensia.

—Quizás tenga una fiebre intermitente durante semanas, pero deben intentar que no le suba. Toserá y le dolerán la cabeza y las articulaciones. Quizás le salga un salpullido.

—¿Es contagioso? ¿Los bebés...? —preguntó Josefina.

—No —dijo el médico—, no es contagioso. Y los bebés y los niños probablemente ya tuvieron la fiebre de forma leve sin que usted lo notara. Cuando el cuerpo vence a la infección, no la vuelve a contraer. Los que viven acá casi toda la vida están inmunizados de forma natural. Es peor para los adultos que llegan y no están acostumbrados al polvo del campo.

—¿Cuánto tiempo tardará en ponerse bien? —preguntó Esperanza.

El médico tenía aspecto cansado. Se pasó la mano por su cabello corto y rubio.

—Puede tomar algunas medicinas, pero incluso si sobrevive, podría tardar unos seis meses en recuperarse del todo.

Esperanza sintió que Alfonso, que estaba detrás de ella, le ponía las manos sobre los hombros. Sintió que palidecía. Quería decirle al médico que no podía perder también a Mamá, que ya había perdido a Papá y que Abuelita estaba demasiado lejos. El miedo le sofocó la voz. Solamente pudo susurrar las palabras de incertidumbre del médico: "si sobrevive".

LAS PAPAS

Esperanza casi nunca se alejaba del lado de Mamá. Le ponía agua fresca con una esponja y le daba caldo durante todo el día. Miguel se ofreció a barrer la tarima en su lugar, pero Esperanza no lo dejó. Todas las mañanas llegaban Irene y Melina para ver cómo estaba Mamá y llevarse a los bebés. Alfonso y Juan forraron la habitación con más capas de papel y cartón para evitar que entrara el frío de noviembre e Isabel hizo dibujos para colgar en las paredes porque pensaba que el periódico no era suficientemente lindo para Mamá.

Unas semanas más tarde volvió el médico con más medicinas.

—No ha empeorado —dijo, moviendo la cabeza—, pero tampoco está mejor.

Mamá dormitaba y a veces llamaba a Abuelita. Esperanza apenas podía sentarse quieta y a menudo paseaba por la pequeña habitación.

Una mañana, Mamá dijo débilmente:

—Esperanza…

Esperanza corrió hacia ella y la tomó la mano.

—La manta de Abuelita —susurró.

Esperanza sacó la maleta de debajo de la cama. No la había abierto desde la tormenta de polvo y vio que la tierra fina había conseguido meterse adentro, de la misma manera que se había metido en los pulmones de Mamá.

Esperanza sacó el tejido que Abuelita había comenzado la noche que Papá murió. Parecía que había pasado un siglo. ¿Habían pasado tan sólo unos meses? Extendió las hileras en zigzag que llegaban de un extremo a otro de la cama, pero solamente tenían unas tres o cuatros manos de ancho por lo que parecía más una bufanda larga que el comienzo de una manta. Esperanza vio los cabellos de Abuelita entrelazados para que todo su amor y sus buenos deseos estuvieran siempre con ellas. Apretó el tejido contra su rostro y sintió el olor del humo del incendio y un lejano aroma de menta.

Esperanza vio que Mamá respiraba de forma

irregular con los ojos cerrados. Estaba claro que necesitaba a Abuelita, ambas la necesitaban. ¿Pero qué podía hacer Esperanza? Tomó la mano débil de Mamá y la besó. Luego le pasó la tira de hileras en zigzag y Mamá la apretó contra su pecho.

¿Qué le había dicho Abuelita cuando le entregó el tejido? Y entonces recordó. Había dicho: "Termina esto por mí, Esperanza… y prométeme que te ocuparás de Mamá".

Cuando Mamá se quedó dormida, Esperanza agarró las agujas y empezó a tejer donde Abuelita había terminado. Diez puntos hasta la cima de la montaña. Suma un punto. Nueve puntos hasta el fondo del valle. Salta uno. Sus dedos eran más ágiles ahora y sus puntos más parejos. Las montañas y los valles de la manta eran fáciles de hacer, pero tan pronto llegaba a la cima de una montaña, tenía que volver a bajar al valle. ¿Podría escapar alguna vez de este valle? ¿De este valle donde Mamá se había enfermado?

¿Qué más había dicho Abuelita? Que después de vencer muchas montañas y valles estarían juntas de nuevo. Se inclinó sobre su labor, muy concentrada y cuando se le cayó un cabello, lo recogió y lo tejió en la manta. Lloró al pensar en los deseos que quedarían trenzados en la manta para siempre.

Porque su deseo era que Mamá no muriera.

La manta fue creciendo. Mamá se puso más pálida. Algunas mujeres del campamento le trajeron madejas de hilo y a Esperanza no le importó que fueran distintas. Todas las noches cuando se iba a la cama tapaba a Mamá con la manta, cada vez más grande, cubriéndola con el color de la esperanza.

Últimamente, Esperanza no conseguía que Mamá se interesara por nada.

—Por favor, Mamá —le suplicaba—. Debes tomar más sopa, debes beber más jugo. Mamá, déjame cepillarte el cabello, te sentirás mejor.

Pero Mamá no mostraba ningún interés y Esperanza a menudo la encontraba llorando en silencio. Era como si después de todo el trabajo de llegar hasta ahí, su madre, siempre fuerte y determinada, se hubiera dado por vencida.

Los campos se helaron y Mamá empezó a tener problemas para respirar. El médico volvió con peores noticias.

—Debería ir al hospital. Está muy débil, pero sobre todo está deprimida y necesita cuidados las 24 horas del día para ponerse más fuerte. En el hospital del condado no tendrán que pagar, excepto las facturas del médico y las medicinas.

Esperanza meneó la cabeza.

—El hospital es donde va la gente a morir —dijo y empezó a llorar.

Isabel corrió hacia ella, también llorando.

Hortensia se acercó y las abrazó a las dos.

—No, no. La gente va al hospital para ponerse mejor.

Hortensia envolvió a Mamá con mantas y Alfonso las llevó al Kern General Hospital, en Bakersfield. Las enfermeras permitieron que Esperanza se quedara solamente unos minutos. Cuando Esperanza le dio un beso de despedida, Mamá no dijo ni una palabra, solamente se sumergió en un sueño.

Esa noche, de regreso a casa en la camioneta,

Esperanza miraba de frente el triángulo de luz que formaban los focos del auto, como si estuviera en trance.

—Hortensia, ¿qué quiso decir el doctor cuando dijo que Mamá estaba deprimida?

—En unos meses perdió su esposo, su hogar, su dinero, y además está separada de su madre. Enfrentarse con tantas emociones en tan poco tiempo es demasiado para su cuerpo. A veces la tristeza y la preocupación pueden hacer que una persona se enferme más. Tu mamá fue muy fuerte cuando murió tu papá y durante el viaje hasta aquí, por ti, pero cuando se enfermó, fue demasiado para ella. Piensa en lo desvalida que se debe sentir.

Hortensia sacó un pañuelo y se limpió la nariz, demasiado apenada para seguir hablando.

Esperanza sintió que de alguna manera le había fallado a Mamá y quería compensarle. Mamá había sido fuerte por ella. Ahora le tocaba a ella ser fuerte por Mamá. Le debía demostrar que no tenía que preocuparse más por ella, pero, ¿cómo?

—Abuelita, debo escribir a Abuelita.

Hortensia negó con la cabeza.

—Estoy segura de que tus tíos todavía vigilan todo lo que entra y sale del convento y probablemente también la oficina de correos. Aunque quizás podríamos buscar a alguien que fuera a Aguascalientes y pudiera llevar una carta.

—Tengo que hacer algo —dijo Esperanza, conteniendo las lágrimas. Hortensia la rodeó con su brazo.

—No te preocupes —dijo Hortensia—. Los doctores y las enfermeras saben lo que necesita y nosotros nos cuidaremos unos a otros.

Esperanza no dijo lo que realmente pensaba: que lo que en realidad necesitaba Mamá era a Abuelita, porque si la tristeza la estaba enfermando, quizás la alegría podría mejorarla. Solamente tenía que pensar en una manera de llevarla hasta allí.

Cuando volvió al campamento, fue detrás de la cabaña para rezar frente a la gruta. Alguien había tejido un chal y lo había colocado sobre los hombros de Nuestra Señora y la dulzura de ese gesto hizo llorar a Esperanza.

—Por favor —dijo entre lágrimas—, le prometí a Abuelita que cuidaría a Mamá. Muéstrame cómo la puedo ayudar.

～

Al día siguiente, Esperanza se echó un pesado chal sobre los hombros y esperó a que Miguel volviera del campo. Paseaba por el área donde descargaban los camiones bien envuelta en el chal para protegerse de los primeros fríos del invierno. Llevaba todo el día pensando qué hacer. Desde que Mamá se enfermó, hacía un mes, no habían ganado ni un centavo. Casi todo lo que tenían ahorrado lo habían gastado en las facturas del médico y las medicinas. Ahora había más facturas. Alfonso y Hortensia ofrecieron su ayuda, pero ya habían hecho demasiado y tenían muy poco dinero. Además, tampoco podía vivir siempre de su caridad.

Probablemente el tobillo de Abuelita ya estaría curado, pero si no había podido sacar el dinero del banco del tío Luis, no tendría dinero para viajar. Si Esperanza pudiera hacerle llegar dinero a Abuelita, entonces quizás podría venir antes.

Cuando Miguel saltó de uno de los camiones, ella lo llamó.

—¿Qué hice para merecer este honor, mi reina? —dijo sonriendo mientras se acercaba.

—Por favor, Miguel. No bromees. Necesito ayuda. Tengo que trabajar para traer a Abuelita.

Él se quedó callado y Esperanza supo qué estaba pensando.

—Pero, ¿qué podrías hacer? ¿Y quién se ocuparía de los bebés?

—Puedo trabajar en el campo o en los cobertizos. Melina e Irene se han ofrecido para cuidar a Pepe y Lupe.

—Ahora solamente los hombres trabajan en el campo y no tienes suficiente edad para trabajar en los cobertizos.

—Soy alta. Me recogeré el pelo y nadie se dará cuenta.

—El problema es que es una mala época del año. Ahora mismo no se empaca nada hasta que llegue la temporada del espárrago con la primavera. Mi madre y Josefina van a cortar ojos de papa durante las próximas tres semanas. A lo mejor podrías ir con ellas.

—Pero solamente dura tres semanas —dijo Esperanza—. ¡Necesito trabajar más tiempo!

—Anza, si eres buena cortando ojos de papa, te contratarán para atar uvas. Si eres buena atando uvas, te contratarán para la temporada del espárrago. Así es como funciona. Si eres buena haciendo una cosa, luego te contratan para que hagas otra.

Esperanza asintió.

—¿Puedes decirme otra cosa, Miguel?

—Claro.

—¿Qué son los ojos de papa?

～

Esperanza se acurrucó con Josefina, Hortensia y un pequeño grupo de mujeres que esperaba el camión por la mañana para llevarlas a los cobertizos. Una intensa niebla envolvía el valle y las rodeaba como si estuvieran paradas en una inmensa nube gris. No había viento, solamente silencio y un frío penetrante.

Esperanza se había puesto toda la ropa que

pudo: un suéter, unos pantalones de lana viejos, una chaqueta vieja, una gorra de lana y guantes gruesos sobre guantes delgados, todo prestado por amigos del campamento. Hortensia le había enseñado a calentar un ladrillo en el horno, envolverlo en un periódico y apretarlo contra su cuerpo para que le diera calor mientras iba en el camión.

Como la visibilidad era muy mala, el camión recorría los caminos de tierra muy lentamente. Pasaron millas de parras desnudas, sin uvas y sin hojas. Envueltos en la niebla, los troncos retorcidos parecían congelados y solitarios.

El camión se detuvo en el enorme cobertizo donde se empacaban los productos. Era un edificio con diferentes secciones al aire libre, largo como seis vagones de tren. A un lado se extendían las vías del tren y al otro lado había paraderos de descarga para los camiones. Esperanza había oído decir a Mamá y a los demás que los cobertizos estaban llenos de gente, mujeres paradas frente a mesas largas, empacando la fruta; camiones que iban y venían con cargas recién recogidas de los campos y trabajadores que llenaban vagones de tren que más tarde serían enganchados a una locomotora para llevar la fruta a Estados Unidos.

Pero cortar ojos de papa era diferente. Como no se estaba empacando nada, no había la actividad habitual. Unas veinte mujeres se reunían en el oscuro cobertizo sentadas en un círculo sobre cajones de madera colocados boca abajo y protegidas del viento únicamente por unas cuantas pilas de cajas vacías.

El supervisor mexicano anotó sus nombres. Con toda la ropa que llevaban, apenas les miró a la cara. Josefina le había dicho a Esperanza que si era una buena trabajadora, a los jefes no les preocuparía su edad, así que sabía que tenía que trabajar duro.

Esperanza imitaba todo lo que hacían Hortensia y Josefina. Cuando las mujeres se pusieron los ladrillos calientes entre los pies para mantenerlos calientes, ella hizo lo mismo. Cuando se quitaron los guantes gruesos y se pusieron a trabajar con los guantes delgados de algodón, ella también lo hizo. Todos tenían un balde de metal a su lado. Los trabajadores del campo llevaban papas frías y les llenaban los baldes. Hortensia tomó una papa y luego, con un cuchillo afilado, la cortó en trozos alrededor de los hoyos. Golpeó uno de los hoyuelos con su cuchillo.

—Esto es un ojo —le susurró a Esperanza—. Deja dos ojos en cada pedazo para que pueda echar dos raíces.

Luego echó los trozos en un saco de yute. Cuando se llenó el saco, los trabajadores se lo llevaron.

—¿Adónde las llevan? —preguntó Esperanza a Hortensia.

—A los campos. Plantan los ojos y luego crecen las papas.

Esperanza tomó un cuchillo. Ahora sabía de dónde venían las papas.

Las mujeres empezaron a platicar. Algunas se habían conocido en otros campamentos. Una de ellas era la tía de Marta.

—¿Se habla otra vez de ir a la huelga? —preguntó Josefina.

—Las cosas están tranquilas por ahora, pero todavía se están organizando —dijo la tía de Marta—. Se habla de ir a la huelga en primavera, en la época de la cosecha. Tememos que haya problemas. Si deciden no trabajar, perderán sus cabañas en los campamentos migratorios y entonces, ¿dónde vivirán? O peor aún, los pueden enviar a todos a México.

—¿Cómo pueden enviarlos a todos de vuelta? —preguntó Hortensia.

—Repatriación —dijo la tía de Marta—. Los de la "migra", las autoridades de inmigración, arrestan a los que causan problemas y les revisan los papeles. Si no están en orden o si no los llevan encima, los mandan a México. Nos dijeron que enviaron a gente cuyas familias habían vivido aquí durante generaciones, que eran ciudadanos y nunca habían estado en México.

Esperanza recordó el tren de la frontera y cómo hacían subir a la gente. Se sintió agradecida por los papeles que le habían conseguido las hermanas de Abuelita.

La tía de Marta dijo:

—También dicen que pueden causarles problemas a los mexicanos que continúen trabajando.

Las otras mujeres del círculo simularon concen-

174

trarse en las papas, pero Esperanza se dio cuenta de las miradas preocupadas y de las cejas arqueadas.

Después, Hortensia se aclaró la garganta y dijo:

—¿Quieres decir que si seguimos trabajando en la primavera, tu sobrina y sus amigos podrían hacernos daño?

—Estamos rezando para que eso no ocurra. Mi esposo dice que no nos uniremos a ellos. Tenemos demasiadas bocas que alimentar y le ha dicho a Marta que no puede quedarse a vivir con nosotros. No podemos arriesgarnos a que nos digan que nos marchemos del campamento ni a perder nuestros empleos por culpa de nuestra sobrina.

Las mujeres asintieron comprensivas y el círculo quedó en silencio. Sólo se escuchaba el sonido de los cuchillos que cortaban las duras papas.

—¿Va alguien a México por Navidad? —preguntó otra mujer, cambiando hábilmente de tema. Esperanza continuó cortando los ojos de las papas, pero escuchó con atención, con la ilusión de que alguien fuera a Aguascalientes en Navidad, pero nadie parecía ir por esos lugares.

Un trabajador llenó el balde de metal de

Esperanza con otra carga de papas frías. Ese sonido le devolvió a la memoria lo que había dicho la tía de Marta. Si era verdad que los huelguistas amenazaban a la gente que siguiera trabajando, quizás también iban a intentar detenerla a ella. Esperanza pensó en Mamá en el hospital y Abuelita en México y en cuánto dependían de su trabajo. Si era tan afortunada de tener un empleo en primavera, no iba a permitir que nadie se pusiera en su camino.

⁓

Poco antes de Nochebuena, mientras los demás iban a una reunión del campamento, Esperanza ayudó a Isabel a hacer una "mona", una muñeca, para Silvia. Desde que Esperanza le había enseñado a Isabel a hacerlas, todos los días aparecía una nueva sobre la almohada.

—Silvia se llevará una gran sorpresa —dijo Isabel—. Nunca ha tenido una muñeca.

—También le haremos vestidos —dijo Esperanza.

—¿Cómo era la Navidad en El Rancho de las

Rosas? —Isabel nunca se cansaba de las historias de Esperanza sobre su vida anterior.

Esperanza miró al cielo raso, repasando sus recuerdos.

—Mamá decoraba la casa con velas y guirnaldas de Navidad. Papá colocaba el nacimiento sobre un lecho de musgo en la entrada de la casa y Hortensia se pasaba días cocinando. Había empanadas rellenas de carne y tamales de dulce con pasas. Te hubiera encantado ver cómo decoraba Abuelita sus regalos. Usaba flores y sarmientos secos en lugar de lazos. En Nochebuena la casa se llenaba de gente que reía y decía "Feliz Navidad". Luego íbamos a la catedral y nos sentábamos con cientos de personas y sosteníamos velas durante la Misa de Gallo. A medianoche volvíamos a casa, oliendo a incienso de la iglesia. Bebíamos atole de chocolate caliente y abríamos los regalos.

Isabel chupó una hebra y dijo entre dientes:

—¿Qué clase de regalos?

—No... no me acuerdo —dijo Esperanza, mientras trenzaba el hilo para hacer las piernas de la muñeca—. Sólo recuerdo que era feliz.

Luego miró a su alrededor, como si viera la habitación por primera vez. La mesa tenía una pata más corta y le habían puesto un trozo de madera para que no se inclinara. Las paredes estaban agrietadas y llenas de parches. El suelo era de tablones de madera astillados y, por mucho que se barriera, nunca parecía limpio. La vajilla estaba despostillada y las mantas deshilachadas y, aunque las sacudían, siempre olían a humedad. Su vida anterior le parecía una historia que había leído en un libro hacía mucho tiempo, un cuento de hadas. En su imaginación veía las ilustraciones: la Sierra Madre, El Rancho de las Rosas y una niña despreocupada que corría por los viñedos, pero ahora, sentada en la cabaña, parecía que el cuento trataba de otra niña, a la que Esperanza ya no conocía.

—¿Qué quieres este año como regalo de Navidad? —preguntó Isabel.

—Quiero que Mamá se ponga bien. Quiero más trabajo y... —se quedó mirando sus manos y respiró profundamente. Después de tres semanas de cortar ojos de papas, las tenía secas y agrietadas por el almidón que había penetrado por los guantes—... quiero tener las manos suaves. ¿Tú qué quieres, Isabel?

Isabel la miró con sus enormes ojos de liebre y dijo:

—Es fácil: ¡cualquier cosa!

Esperanza asintió sonriendo mientras admiraba la muñeca que ya estaba acabada y se la pasó a Isabel que, como siempre, tenía la mirada expectante.

Se acostaron, Isabel en el catre y Esperanza en la cama donde dormía antes con Mamá. Se volvió hacia la pared, añorando con todas sus fuerzas las Navidades del pasado, y repitió lo que se estaba convirtiendo en un ritual de lágrimas nocturnas. Creía que nadie sabía que todas las noches lloraba hasta quedarse dormida, hasta que sintió que Isabel le daba unos golpecitos en la espalda.

—Esperanza, no llores otra vez. Si quieres, dormiremos contigo.

—¿"Dormiremos"? —se volteó hacia Isabel que sostenía a toda la familia de muñecas de hilo.

Esperanza no pudo dejar de sonreír y levantó la colcha. Isabel se deslizó a su lado y colocó las muñecas entre ellas.

Esperanza se quedó mirando la oscuridad. Isabel no tenía nada y al mismo tiempo lo tenía todo. Esperanza deseaba lo que Isabel tenía: quería tener tan pocas preocupaciones que algo tan simple como una muñeca de hilo la pudiera hacer feliz.

⁓

El día de Navidad, Esperanza subió los escalones del hospital mientras Alfonso esperaba en la camioneta. Una pareja que pasó a su lado llevaba varios regalos envueltos en papel brillante. Una mujer caminaba rápidamente con una flor de Pascua. Vestía un lindo abrigo rojo de lana y llevaba un broche en forma de árbol de Navidad prendido en la solapa. Deseó poder darle a Mamá un abrigo rojo y un broche brillante. Pensó en el regalo que tenía en el bolsillo. Solamente era una pequeña piedra suave que había encontrado en el campo mientras limpiaba las papas.

El médico había trasladado a Mamá a un pabellón donde se encontraba la gente con enfermedades prolongadas. Solamente había cuatro personas en el piso y los pacientes estaban bastante separados, con las camas diseminadas entre las hileras de colchones vacíos de la larga habitación. Mamá no se despertó, ni siquiera para decir hola. Sin embargo, Esperanza se sentó a su lado, tejió varias filas de la manta y le platicó de los cobertizos, de Isabel y los huelguistas. Le dijo que Lupe y Pepe ya casi caminaban y que Miguel pensaba que las rosas de Papá mostraban señales de crecer.

Mamá tampoco se despertó para decir adiós. Esperanza la tapó con la manta, deseando que su color se extendiera poco a poco a las mejillas de Mamá.

Dejó la piedra en la mesita de noche y le dio un beso de despedida a Mamá.

—No te preocupes. Yo me ocuparé de todo. Ahora yo seré la patrona de la familia.

LOS AGUACATES

El aliento de Esperanza se convertía en humo blanco mientras esperaba al camión que la llevaría a atar vides. Se apoyaba alternativamente en cada pie y aplaudía con las manos enguantadas mientras se preguntaba qué les traería este nuevo año. No tenía nada de nuevo porque seguía con las mismas rutinas. Durante la semana, trabajaba. Al final de la tarde, ayudaba a Hortensia a preparar la cena. Antes de dormir, ayudaba a Josefina con los bebés y a Isabel con sus tareas de la escuela. Los sábados y domingos, iba a ver a Mamá.

Para entrar en calor, se acurrucó junto a una olla que había en la hoguera y empezó a contar mentalmente el dinero que necesitaba para traer a Abuelita. Cada dos semanas, con el poco dinero que había ahorrado, compraba un giro postal en la tienda y lo guardaba en su maleta. Calculaba que si seguía trabajando hasta la temporada de duraznos tendría suficiente para el viaje de Abuelita. Entonces su problema sería ponerse en contacto con ella.

Los hombres pasaban primero por las hileras, podando las vides más gruesas y dejando unas cuantas ramas o "cañas" en cada tronco. Esperanza iba detrás con las demás mujeres, atando esas cañas al alambre tirante que se extendía de poste a poste. El frío le causaba dolor y tenía que moverse todo el tiempo para conservar el calor.

Esa noche, mientras hundía las manos en agua caliente, se dio cuenta de que sus manos eran irreconocibles. Estaban llenas de cortes y cicatrices, hinchadas y ásperas. Parecían las manos de un anciano.

—¿Estás segura de que esto me hará bien? —preguntó Esperanza, mientras veía a Hortensia cortar un aguacate maduro por la mitad.

—Claro —dijo Hortensia, quitando la semilla y dejando un agujero en el corazón de la fruta. Sacó la pulpa con una cuchara, la aplastó en un plato y añadió un poco de glicerina—. Me has visto preparar esto para tu mamá muchas veces. Tenemos suerte de tener aguacates en esta época del año. Unos amigos de Josefina los compraron en Los Ángeles.

Hortensia untó las manos de Esperanza con la mezcla del aguacate.

—Debes esperar por lo menos veinte minutos para que las manos absorban bien los aceites.

Esperanza miró sus manos cubiertas con la loción verde y grasienta y recordó que Mamá se sentaba de esa misma manera cuando pasaba muchas horas dedicada a la jardinería o después de largas cabalgatas con Papá por los campos secos de mesquite. Cuando era chica se reía de las manos de Mamá cubiertas de lo que parecía guacamole. Pero le encantaba cuando se las enjuagaba y Esperanza ponía las palmas de las manos de Mamá en su cara para sentir su elasticidad y su olor agradable.

Esperanza se sorprendió de las cosas sencillas que extrañaba de Mamá. Extrañaba su forma de entrar en una habitación, elegante y majestuosa. Extrañaba verla tejer, moviendo hábilmente los dedos. Y sobre todo, añoraba su risa fuerte y reconfortante.

Colocó las manos bajo la llave de agua, se enjuagó el aguacate y las secó. Aunque habían mejorado, todavía estaban rojas y maltratadas. Tomó otro aguacate, pasó el cuchillo alrededor del hueso y lo sacó. Repitió la receta de Hortensia, pero al sentarse por segunda vez con las manos bien cubiertas, se dio cuenta de que no importaba cuánto aguacate y glicerina pusiera, sus manos nunca lucirían como las de una mujer adinerada de El Rancho de las Rosas porque eran las manos de una campesina pobre.

⁓

Fue al final de la temporada de atar las vides cuando el médico detuvo a Esperanza y Miguel en el pasillo del hospital antes de llegar a la habitación de Mamá.

—Les pedí a las enfermeras que me avisaran cuando los vieran venir. Siento decirte que tu Mamá tiene neumonía.

—¿Cómo puede ser? —preguntó Esperanza, que sintió que le temblaban las manos mientras miraba al médico—. Pensaba que estaba mejor.

—Esta enfermedad, la fiebre del valle, hace que el cuerpo se debilite y sea vulnerable a otras infecciones. Le estamos dando medicinas, pero está débil. Sé que es duro para ti, pero nos gustaría pedirles que no viniera nadie a visitarla, al menos durante un mes, quizás más. No podemos arriesgarnos a que contraiga otra infección causada por gérmenes que vienen del exterior.

—¿Puedo verla, aunque sea un momento?

El médico vaciló, luego asintió y se marchó.

Esperanza corrió a la cama de Mamá y Miguel la siguió. Esperanza no podía imaginarse lo que sería no verla durante tantas semanas.

—Mamá —dijo Esperanza.

Mamá abrió los ojos y sonrió levemente. Estaba muy delgada y frágil, con el pelo despeinado y sucio y la cara tan blanca que parecía confundirse con las sábanas, como si fuera a hundirse en la cama y desaparecer para siempre. Mamá parecía el fantasma de sí misma.

—El doctor dice que no puedo venir a verte por una temporada.

Mamá asintió, cerrando lentamente los ojos, como si un peso le impidiera mantenerlos abiertos.

Esperanza sintió la mano de Miguel en su hombro.

—Anza, debemos irnos —dijo.

Pero Esperanza no se movió. Quería hacer algo para que Mamá se sintiera mejor. Vio el peine y las horquillas en la mesita junto a la cama.

Con cuidado, acomodó a Mamá sobre un costado y le juntó todo el cabello. Se lo cepilló y le hizo una trenza larga, la envolvió alrededor de la cabeza y luego la sujetó con horquillas. Después ayudó a Mamá a acostarse sobre su espalda. Ahora el cabello enmarcaba su cara recortada contra las sábanas blancas como un halo con forma de trenza, como solía llevarlo en Aguascalientes.

Esperanza se agachó junto a ella y le dijo al oído:

—No te preocupes, Mamá. Recuerda, yo me ocuparé de todo. Estoy trabajando y puedo pagar las facturas. Te quiero mucho.

—Yo también te quiero —dijo Mamá suavemente, y cuando Esperanza se volteó para marcharse oyó a Mamá murmurar—. Pase lo que pase.

~

—Necesitas salir del campamento, Esperanza —dijo Hortensia mientras le entregaba la lista de la compra y le pedía que fuera a la tienda con Miguel—. Es el primer día de la primavera y hace muy buen día.

—Creía que a ti y a Josefina les gustaba mucho ir a la tienda los sábados —dijo Esperanza.

—Y nos gusta, pero hoy tenemos que ayudar a Melina e Irene a hacer enchiladas. ¿Puedes ir tú?

Esperanza sabía que intentaban mantenerla ocupada. Mamá llevaba en el hospital tres meses y Esperanza no había podido visitarla las últimas semanas. Desde entonces, Esperanza estaba distinta. Seguía con sus actividades cotidianas. Era bastante amable y respondía las preguntas de todos con respuestas sencillas, pero estaba atormentada por la ausencia de Mamá. Papá, Abuelita, Mamá, ¿quién sería el siguiente?

Todas las noches se metía en la cama lo más pronto posible. Se acurrucaba y no se movía hasta la mañana siguiente. Sabía que Josefina y Hortensia estaban preocupadas por ella. Le dijo que sí a Hortensia, agarró la lista y fue a buscar a Miguel.

—¡No te olvides de decirle a Miguel que vaya a la tienda del Sr. Yakota! —le gritó Hortensia.

Hortensia tenía razón acerca del buen tiempo. La niebla y el color gris habían desaparecido. El aire del valle era fresco y limpio, gracias a las lluvias recientes. La camioneta pasó junto a campos llenos de plantas de espárragos altas y espigadas que ella tendría que empacar muy pronto. En los árboles quedaban frutas como si fueran decoraciones de un árbol de Navidad. Y aunque todavía hacía fresco, había expectación en el aire y Esperanza sintió un rico olor a tierra que prometía la llegada de la primavera.

—Miguel, ¿por qué siempre vamos a comprar tan lejos hasta la tienda japonesa cuando hay otras tiendas más cerca de Arvin?

—Los dueños de algunas tiendas no son tan amables con los mexicanos como el Sr. Yakota

—dijo Miguel—. Él tiene muchas de las cosas que necesitamos y nos trata como a personas.

—¿Qué quieres decir?

—Esperanza, la gente de acá piensa que todos los mexicanos son iguales. Piensan que no tenemos educación y que somos sucios, pobres y sin oficio. No se les ocurre pensar que muchos vinieron de México con una profesión.

Esperanza miró su ropa. Llevaba una falda que había sido de Mamá y antes, de otra mujer. Encima tenía un suéter de hombre al que le faltaban varios botones, también demasiado grande para ella. Se inclinó y se miró en el espejo. Tenía el rostro bronceado de estar en el campo y se había acostumbrado a llevar el cabello anudado en una trenza larga porque Mamá tenía razón: era mucho más práctico.

—Miguel, ¿cómo puede mirarme alguien sin pensar que no tengo educación?

Él sonrió.

—Lo que pasa, Esperanza, es que tú recibiste mejor educación que muchas de las personas que hay en este país, pero seguramente nadie lo va a reconocer ni se va a molestar en enterarse. Los americanos nos ven como un grupo grande de color café que solamente sirve para trabajos manuales. En esta tienda nadie se queda mirándonos ni nos tratan como extranjeros, ni nos llaman "sucios mugrientos". Mi papá dice que el Sr. Yakota es un hombre de negocios inteligente. Se está enriqueciendo gracias a los malos modales de otros.

La explicación de Miguel ya la había oído antes. El contacto de Esperanza con estadounidenses fuera del campamento se limitaba al médico y las enfermeras del hospital, pero había escuchado historias del trato que recibían otros. En los cines había secciones destinadas a negros y mexicanos. En la ciudad los padres no querían que sus hijos fueran a las mismas escuelas que los mexicanos. Vivir alejados de la ciudad, en el campamento de la compañía, tenía sus ventajas, pensaba Esperanza. Todos los niños iban juntos a la escuela: blancos, mexicanos, japoneses, chinos y filipinos. No se discriminaba a nadie porque todos eran pobres. A veces, Esperanza sentía que vivía como una crisálida, protegida de gran parte de la indignación.

Miguel entró en el estacionamiento del mercado.

—Espérame. Voy a preguntarle a esos hombres que están en la esquina si saben algo de los empleos del ferrocarril.

Esperanza entró en la tienda. El Sr. Yakota era de Tokyo y tenía todo tipo de ingredientes japoneses para cocinar, como algas, jengibre y pescados frescos con cabeza, pero también había productos mexicanos, como harina para tamales, chiles para hacer salsa y bolsas grandes de frijoles. En la sección de carne incluso había tripa de vaca, carne para cocinar menudo y otras especialidades como chorizo y patas de cerdo. Lo que más le gustaba a Esperanza de la tienda era la decoración del cielo raso con una mezcla de lámparas japonesas de papel y piñatas en forma de estrellas y burros.

Había un pequeño burro de papel que Esperanza no había visto antes. Era como uno que Mamá le había comprado hacía varios años. Esperanza pensó entonces que era muy lindo y no quiso romperlo, aunque estaba lleno de dulces. Prefirió colgarlo en su habitación, encima de la cama.

Un dependiente pasó a su lado y ella impulsivamente señaló la pequeña piñata.

—Por favor —dijo—. *Please.*

Compró las otras cosas que necesitaba, entre ellas, otro giro postal. Esa era otra de las ventajas de la tienda del Sr. Yakota: allí podía comprar giros postales.

Cuando Miguel volvió, Esperanza lo esperaba en la camioneta.

—¿Otro giro postal? ¿Qué haces con ellos? —preguntó Miguel.

—Los guardo en mi maleta. Son de muy poco dinero, pero cuando junte muchos, podré traer a Abuelita.

—¿Y la piñata? No es el cumpleaños de nadie.

—La compré para Mamá. Pediré a las enfermeras que la pongan cerca de su cama, así sabrá que pienso en ella. De regreso a casa podemos detenernos en el hospital. ¿Puedes hacer un agujero en la parte de arriba para meter dulces? Así las enfermeras podrán comérselos.

Miguel sacó su navaja de bolsillo e hizo un agujero en la piñata. Mientras él manejaba, Esperanza empezó a llenarla de caramelos.

La carretera principal pasaba cerca de una plantación de almendros y los árboles estaban llenos de hojas de color verde grisáceo y brotes blancos. Esperanza vio una mujer y una muchacha que caminaban de la mano y llevaban una bolsa de compras en la otra mano. A Esperanza le pareció que era una linda escena: dos mujeres rodeadas de brotes primaverales.

Esperanza reconoció a una de ellas.

—Me parece que esa es Marta.

Miguel detuvo el camión y lentamente dio marcha atrás.

—Vamos a llevarlas.

Esperanza asintió con desgana, recordando la última vez que la habían llevado en el camión, pero abrió la puerta.

—Esperanza y Miguel, qué buena suerte —dijo Marta—. Esta es mi mamá, Ada. Gracias por llevarnos.

La madre de Marta tenía el mismo cabello corto y rizado de su hija, pero salpicado de gris.

Miguel salió y puso sus bolsas en la parte trasera de la camioneta para que ellas pudieran ir en la cabina.

—Oí lo que le pasó a tu mamá y estoy rezando por ella —dijo Ada.

Esperanza se sorprendió y al mismo tiempo se conmovió.

—Gracias. Le agradezco mucho.

—¿Vienen a nuestro campamento? —preguntó Miguel.

—No —dijo Marta—. Como probablemente saben, no soy bien recibida allá. Vamos una milla más allá, a la hacienda de los huelguistas. Nos expulsaron de los campamentos de trabajadores migratorios y nos dijeron que o volvíamos a trabajar o nos teníamos que marchar. Así que nos fuimos. No vamos a trabajar en esas condiciones repugnantes y por ese mísero salario.

Ada estaba callada y asentía cuando Marta hablaba de la huelga. Esperanza sintió una punzada de envidia cuando se fijó que Marta nunca soltaba la mano de su mamá.

—Somos cientos en esa hacienda y miles de

personas de todo el condado se unen a nuestra causa todos los días. Ustedes son nuevos acá, pero con el tiempo comprenderán lo que tratamos de cambiar. Vira a la izquierda —dijo, señalando un camino de tierra marcado por las huellas de las llantas.

Miguel se metió por un sendero bordeado por campos de algodón. Finalmente llegaron a un terreno rodeado por una cerca de alambre espinoso. Había una sola abertura custodiada por varios hombres que llevaban bandas en los brazos.

—Aquí es —dijo Ada.

—¿Para qué son los guardias? —preguntó Esperanza.

—Para protegernos —dijo Marta—. El dueño de la tierra es partidario nuestro, pero a mucha gente no le gustan los huelguistas que causan problemas. Hemos recibido amenazas. Los hombres se turnan en la entrada.

Miguel detuvo la camioneta en un lado del camino.

Solamente había diez retretes de madera para

cientos de personas y Esperanza sentía el olor desde la camioneta. Algunos vivían en tiendas de campaña, pero otros solamente tenían sacos de yute atados a unos postes. Otros vivían en autos o en camiones viejos. En el suelo había colchones donde descansaban las personas y los perros. Había una cabra atada a un árbol. Una tubería larga se extendía por el suelo y de ella salían varias llaves de agua. Cerca de cada llave había ollas y sartenes y hogueras, como si fueran cocinas al aire libre. Las mujeres lavaban la ropa en una acequia y los niños se bañaban al mismo tiempo. Por todas partes había cuerdas para tender la ropa. Reinaba una gran confusión y barullo de personas.

Esperanza no podía dejar de mirar. Estaba hipnotizada por la miseria, pero Marta y su madre no parecían avergonzarse.

—Hogar, dulce hogar —dijo Marta.

Todos bajaron de la camioneta, pero antes de que Marta y Ada pudieran recoger sus bolsas, una familia de campesinos que venía en sentido opuesto se acercó a ellas. Los niños estaban sucios y flacos y la madre sostenía un bebé que estaba llorando.

—¿Tienen comida para alimentar a mi familia? —preguntó el padre—. Nos expulsaron de nuestro campamento porque yo estaba en huelga. Mi familia lleva dos días sin comer. Hay demasiada gente que llega al valle dispuesta a trabajar por unos centavos. Ayer trabajé todo el día y gané menos de cincuenta centavos. Con eso no puedo comprar comida ni para un día. Esperaba que aquí, con otros que han pasado por lo mismo…

—Aquí son bienvenidos —dijo Ada.

Esperanza buscó en la parte trasera de la camioneta y abrió el saco de frijoles.

—Señor, deme su sombrero.

El hombre le dio su sombrero y ella lo llenó de frijoles, luego se lo devolvió.

—Gracias, gracias —dijo.

Esperanza miró a los dos niños mayores. Tenían los ojos llorosos y la mirada inexpresiva. Tomó la piñata y se la ofreció. Ellos no dijeron nada; solamente corrieron hacia ella, agarraron la piñata y regresaron corriendo con sus padres.

Marta la miró.

—¿Estás segura de que no estás ya de nuestro lado?

Esperanza negó con la cabeza.

—Tenían hambre, eso es todo. Aunque creyera en lo que están haciendo, debo ocuparme de mi mamá.

Ada puso su mano sobre el brazo de Esperanza y sonrió.

—Todos hacemos lo que tenemos que hacer. Tu mamá estará orgullosa de ti.

Miguel les dio sus bolsas y se fueron caminando hacia la granja. Antes de llegar a la entrada, Marta se volteó de repente y dijo:

—No les debería decir nada, pero los huelguistas están más organizados de lo que parece. Dentro de unas semanas, durante la temporada del espárrago, pasarán cosas por todo el condado. Vamos a cerrar todo, los campos, los cobertizos y el ferrocarril. Si para entonces no se han unido a nosotros, tengan mucho cuidado.

En el camino de regreso a Arvin, Miguel y Esperanza no dijeron nada durante varias millas.

La amenaza de Marta y el sentimiento de culpa por tener un empleo no se alejaban de la mente de Esperanza.

—¿Crees que tienen razón? —preguntó.

—No sé —dijo Miguel—. Lo que dijo ese hombre es cierto. He oído decir que habrá diez veces más hombres buscando trabajo en los próximos meses, gente de Oklahoma, Arkansas, Texas y también de otros lugares. Y que son pobres como nosotros y necesitan alimentar a sus familias. Si vienen tantos y están dispuestos a trabajar por unos centavos, ¿qué será de nosotros? Pero hasta entonces, si se va a unir tanta gente a las huelgas, quizás yo pueda encontrar trabajo en el ferrocarril.

Esperanza analizó mentalmente las palabras de Miguel. Para él, la huelga era la oportunidad de trabajar en el empleo que deseaba y de prosperar en este país, pero para ella era una amenaza para su economía, la llegada de Abuelita y la recuperación de Mamá. Además, estaba el problema de su propia seguridad. Pensó en Mamá y Abuelita y comprendió que solamente podía hacer una cosa.

Varias noches después, Esperanza observaba sus manos mientras se dirigía a la cabaña y deseaba que Hortensia tuviera más aguacates. Era más tarde de lo normal. Había estado quitando malas hierbas en un campo lejano de espárragos y había regresado en el último camión. Cuando llegó a la cabaña, todos estaban reunidos en torno a la pequeña mesa. En un plato, había tortillas recién hechas y Hortensia removía una olla de machaca: huevos revueltos con tiras de carne, cebolla y pimientos. Era el plato favorito de Miguel, pero normalmente lo tomaba para desayunar.

—¿Qué celebramos? —preguntó Esperanza.

—Conseguí un empleo en el taller mecánico del ferrocarril.

—¡Oh, Miguel! ¡Qué buena noticia!

—Muchos trabajadores del ferrocarril se han unido a los huelguistas y aunque sé que solamente es temporal, si hago bien mi trabajo a lo mejor me puedo quedar.

—Eso es —dijo Alfonso—. Tú, trabaja bien. Se darán cuenta y querrán que te quedes.

Esperanza se sentó. Oía a Miguel platicar del empleo con los demás, pero no escuchaba lo que decía. Le miraba los ojos, chispeantes como los de Papá cuando hablaba de la tierra. Miró su cara animada y pensó que al fin el sueño de Miguel se estaba haciendo realidad.

LOS ESPÁRRAGOS

Marta tenía razón. Los huelguistas estaban más organizados que nunca. Repartían volantes delante de todas las tiendas. Pintaban sus consignas en las paredes de los viejos cobertizos y organizaban grandes reuniones en la hacienda. Los que querían trabajar todavía tenían empleo, pero Esperanza percibía la preocupación en las voces tensas de sus vecinos. También se preocupaba pensando en qué pasaría si se quedaba sin empleo.

La temporada de espárragos era larga; a veces duraba hasta diez semanas, pero tenían que cosecharlos antes de que las altas temperaturas de junio llegaran al valle. Los huelguistas sabían que si conseguían que los trabajadores trabajaran más despacio, perjudicarían a los agricultores. Así que cuando los tallos estuvieron tiernos, los huelguistas estaban listos.

Esperanza se subió a la parte trasera del camión

de carga con Hortensia y Josefina para ir a empacar el primer día. La compañía había enviado a un hombre con un arma de fuego para que fuera en el camión con ellas. Para protegerlas, dijeron, pero a Esperanza le daba miedo el arma.

Cuando llegaron a los cobertizos, un grupo de mujeres empezó a gritar y a abuchearlas. Llevaban letreros que decían "¡Huelga!". Entre ellas se encontraban Marta y sus amigas que gritaban: "¡Ayúdennos a alimentar a nuestros hijos!", "¡Todos debemos unirnos si queremos comer!", "¡No dejen que sus compatriotas se mueran de hambre!". Cuando Esperanza vio sus rostros amenazadores, sintió deseos de volver corriendo a la seguridad del campamento a lavar la ropa, lavar pañales, cualquier cosa menos quedarse ahí. Quería decirles que su mamá estaba enferma, que tenía que pagar las facturas. Quería hablarles de Abuelita y de que tenía que encontrar la manera de hacerle llegar dinero para que pudiera viajar. Quizás entonces comprenderían por qué necesitaba ese trabajo. Quería decirles que no quería que nadie se muriera de hambre, pero sabía que no serviría de nada. Los huelguistas solamente escuchaban a quien estaba de acuerdo con ellos.

Tomó la mano de Hortensia y se arrimó a su lado. Josefina se dirigió hacia el cobertizo, mirando al frente. Hortensia y Esperanza iban detrás, muy cerca, sin soltarse.

Una de las mujeres de su campamento gritó:

—Ganamos menos dinero empacando espárragos que ustedes recogiendo algodón. Déjennos en paz. Nuestros hijos también tienen hambre.

Cuando el guardia no miraba, una del grupo de los huelguistas le lanzó a la mujer una piedra que pasó rozando su cabeza y todas las trabajadoras corrieron hacia el cobertizo.

Los huelguistas se quedaron cerca de la carretera, pero el corazón de Esperanza todavía latía con fuerza cuando ella y la mujer tomaron su lugar para empacar los espárragos. Durante todo el día, mientras seleccionaba y envolvía los delicados tallos, escuchó sus gritos y amenazas.

Esa noche, durante la cena, Alfonso y Juan contaron que ellos habían tenido el mismo problema en los campos. Los huelguistas los esperaban y tuvieron que cruzar varios grupos para llegar al trabajo. Una vez en el campo estuvieron a salvo, protegidos por guardias que había enviado la compañía, pero para llevar los grandes cestos con espárragos a los cobertizos había que atravesar las líneas de huelguistas, y estos a menudo deslizaban sorpresas entre los espárragos.

La huelga continuó varios días. Una tarde, mientras Josefina sacaba un puñado de espárragos de un cajón, le salió una rata. Unos días más tarde, Esperanza escuchó un grito horrible de una de las mujeres y vio varias serpientes que salían retorciéndose del cajón. Encontraron cuchillas y pedazos de vidrio en los baldes procedentes de los campos y las mujeres que normalmente eran muy eficientes y rápidas para sacar los espárragos, empezaron a trabajar más despacio y dudaban al sacar las verduras de los cajones. Una vez, varias de ellas escucharon un cascabeleo bajo una pila de tallos y cuando los supervisores sacaron el cajón al patio y lo volcaron, encontraron una furiosa serpiente de cascabel.

—Fue un milagro que no mordiera a nadie

—comentó Hortensia esa noche durante la cena. Estaban reunidos todos en una cabaña, tomando caldo con albóndigas.

—¿La viste? —preguntó Isabel.

—Sí —dijo Esperanza—. Todas la vimos. Daba miedo, pero el supervisor le cortó la cabeza con un azadón.

Isabel se estremeció.

—¿No pueden hacerles nada a los huelguistas? —preguntó Hortensia.

—Es un país libre —dijo Miguel—. Además, los huelguistas tienen mucho cuidado. Mientras se queden junto a la carretera y los guardias no los vean agredir a nadie, no se puede hacer nada. En el ferrocarril pasa lo mismo. Todos los días atravieso la línea de huelguistas y escucho gritos e insultos.

—A mí lo que me molesta son los gritos durante todo el día —dijo Hortensia.

—Recuerda que no debes responder —dijo Alfonso—. Las cosas mejorarán.

—Papá —dijo Miguel—, las cosas empeorarán. ¿Has visto los carros y los camiones que vienen por el paso de las montañas? Cada día viene más gente. Algunos dicen que recogerán algodón por cinco o seis centavos la libra y otros productos por menos dinero. La gente no puede sobrevivir con salarios tan bajos.

—¿Adónde iremos a parar? —dijo Josefina—. Todos pasaremos hambre si la gente trabaja cada vez por menos dinero.

—Ese es el argumento de los huelguistas —dijo Esperanza.

Nadie dijo nada. Los tenedores sonaban contra los platos. Pepe, que estaba sentado en el regazo de Esperanza, dejó caer una albóndiga al suelo.

—¿Vamos a morirnos de hambre? —preguntó Isabel.

—No, mija —dijo Josefina—. ¿Cómo vamos a morirnos de hambre aquí, con toda la comida que hay a nuestro alrededor?

～

Esperanza se había acostumbrado tanto a los gritos de los huelguistas mientras empacaba espárragos que en el momento que dejaron de gritar, levantó la cabeza para ver si pasaba algo.

—Hortensia, ¿oyes?

—¿Qué?

—El silencio. Ya no gritan.

Las otras mujeres de la fila se miraron. Desde donde estaban no podían ver la calle, así que fueron al otro extremo del cobertizo, mirando con precaución hacia el lugar donde normalmente estaban los huelguistas.

En la distancia, una caravana de autobuses grises y carros de la policía se dirigía a toda velocidad hacia el cobertizo, levantando polvo a su paso.

—¡Inmigración! —dijo Josefina—. Es una redada.

Los letreros de los huelguistas estaban tirados en el suelo, como si fueran un montón de canicas que alguien había desparramado. Los huelguistas se dispersaron por los campos y hacia los vagones de carga que había en las vías, buscando un sitio donde esconderse. Los autobuses y los carros chirriaron al detenerse y los funcionarios de inmigración y la policía salieron corriendo detrás de ellos con palos en la mano.

Las mujeres que estaban en el cobertizo se juntaron en un grupo, protegidas por el guardia de la compañía.

—¿Qué nos pasará? —preguntó Esperanza, con los ojos fijos en los guardias que atrapaban a los huelguistas y los llevaban hacia los autobuses. Como había tantas mexicanas trabajando allí, seguro que luego entrarían en el cobertizo. Apretó desesperadamente el brazo de Hortensia—. No puedo dejar a Mamá.

Hortensia escuchó el pánico en su voz.

—No, no, Esperanza. No han venido por nosotras. Los agricultores necesitan trabajadores, por eso la compañía nos protege.

Varios funcionarios de inmigración acompañados por la policía empezaron a inspeccionar el andén, volteando cajas y vaciando baldes. Hortensia tenía razón. No prestaron ninguna atención a las trabajadoras, con sus delantales manchados, que todavía sostenían en la mano espárragos verdes. Como no encontraron huelguistas en la sección de cargas, corrieron hacia el grupo que estaban obligando a subir en los autobuses.

—¡Americana, americana! —gritó una mujer y

empezó a mostrar unos papeles. Uno de los funcionarios le quitó los papeles y los rompió en pedazos.

—Suba al autobús —ordenó.

—¿Qué les harán? —preguntó Esperanza.

—Los llevarán a Los Ángeles y los pondrán en un tren rumbo a El Paso, Texas y luego a México —dijo Josefina.

—Pero algunos son ciudadanos —dijo Esperanza.

—No importa. Están causando problemas al gobierno. Hablan de formar un sindicato de trabajadores en las haciendas y al gobierno y a los agricultores no les gusta eso.

—¿Qué pasará con sus familias? ¿Cómo sabrán lo que pasó?

—Las noticias vuelan. Es triste. Los autobuses se quedan en la estación con los que capturaron hasta que llega la noche. Las familias no quieren separarse de sus seres queridos y normalmente van con ellos. Esa es la idea. Lo llaman deportación voluntaria, pero en realidad no les queda otra opción.

Dos funcionarios de inmigración se colocaron delante del cobertizo. Los otros se fueron en los autobuses. Esperanza y las otras mujeres vieron desaparecer los rostros desesperanzados asomados por las ventanillas.

Lentamente, las mujeres formaron la hilera de nuevo y empezaron a empacar. Todo había durado apenas unos minutos.

—La migra estará atenta por si algún huelguista quiere volver —dijo Josefina, señalando con la cabeza a los dos hombres estacionados cerca—. Volvamos a trabajar y sintámonos agradecidas porque no somos nosotras las que vamos en ese autobús.

Esperanza respiró profundamente y volvió a su sitio. Se sentía aliviada, pero todavía se imaginaba la angustia de los huelguistas. Su mente estaba llena de preocupaciones. Le parecía muy mal que expulsaran a la gente de su propio "país libre" por defender sus opiniones.

Se dio cuenta de que necesitaba más elásticos para atar los montones de espárragos y se dirigió a la zona de descarga para buscarlos. Dentro de un laberinto de cajones altos buscó los elásticos gruesos. Los funcionarios de inmigración habían volcado algunas cajas y al agacharse para poner una en su sitio, se quedó sin respiración al ver lo que tenía delante.

Marta estaba encogida en un rincón, con un dedo sobre sus labios y suplicando ayuda con los ojos.

—Por favor, Esperanza, no digas nada. No quiero que me atrapen. Tengo que cuidar de mi mamá.

Esperanza se quedó paralizada por un momento, recordando la rudeza de Marta el primer día en el camión. Si la ayudaba y alguien se enteraba, Esperanza sería la próxima en subir al autobús. No podía arriesgarse y empezó a decir que no, pero cuando pensó en Marta y su mamá, tomadas de la mano, no pudo imaginarse a las dos separadas. Además, las dos eran ciudadanas. Tenían todo el derecho a quedarse.

Se volteó y se dirigió adonde trabajaban las demás. Nadie se fijó en ella. Todas estaban muy ocupadas hablando de la redada. Agarró un haz de espárragos, varios sacos de yute y un delantal sucio que alguien había dejado colgado en un gancho. En silencio volvió adonde se escondía Marta.

—La migra todavía está afuera —susurró—.

Seguramente se irán dentro de una hora, cuando se cierre el cobertizo.

Le dio a Marta el haz de espárragos y el delantal.

—Toma esto y ponte el delantal cuando vayas a salir, para que parezcas una trabajadora por si alguien te detiene.

—Gracias —susurró Marta—. Siento haberte juzgado mal.

—Shhh —dijo Esperanza, mientras volvía a colocar los cajones y ponía encima los sacos de yute para que no la vieran.

—¡Esperanza! —llamó Josefina—. ¿Dónde estás? Hacen falta los elásticos.

Esperanza se asomó por la esquina y vio a Josefina con las manos en las caderas, esperando.

—Ya voy —respondió. Agarró un montón de elásticos y volvió a trabajar como si no hubiera pasado nada.

⁓

Aquella noche, mientras Esperanza estaba acostada en la cama, escuchaba a los demás en la habitación del frente hablando de las redadas y las deportaciones.

—Fueron a todas las haciendas grandes y pusieron a cientos de huelguistas en los autobuses —dijo Juan.

—Algunos dicen que lo hicieron para crear más empleos para los que vienen del este —dijo Josefina—. Tenemos suerte de que la compañía nos necesite ahora. Si no, podríamos ser los siguientes.

—¡Hemos sido leales a la compañía y la compañía será leal con nosotros! —dijo Alfonso.

—Me alegro de que se haya acabado todo —dijo Hortensia.

—No se ha acabado —dijo Miguel—. Con el tiempo, volverán, especialmente si tienen familias acá. Se reorganizarán y serán más fuertes. Llegará un momento en el que tendremos que decidir de nuevo si nos unimos a ellos o no.

Esperanza intentaba dormirse, pero los acontecimientos del día le daban vueltas en la cabeza. Se alegraba de seguir trabajando y de que en su campamento se hubiera dicho que no a la huelga, pero sabía que en otras circunstancias ella podría haber estado en ese autobús. Y entonces, ¿qué habría hecho Mamá? Su mente era un torbellino. Algunas de esas personas no merecían lo que les había sucedido ese día. ¿Cómo podía ser que Estados Unidos enviara a México a gente que ni siquiera había estado allí nunca?

No podía dejar de pensar en Marta. No importaba que Esperanza estuviera de acuerdo con su causa o no. No se debería separar a nadie de su familia. ¿Habría podido Marta volver a la hacienda de los huelguistas sin que la atraparan? ¿Habría encontrado a su madre?

Por algún motivo, Esperanza necesitaba saberlo.

～

A la mañana siguiente le suplicó a Miguel que la llevara en la camioneta a la hacienda. Todavía estaba allí la cerca que rodeaba el campo, pero nadie protegía la entrada. Había rastros de las personas que vivían allí y que ella había visto antes, pero ahora no se veía a nadie. La ropa tendida ondeaba al viento. Sobre los cajones había platos de arroz con frijoles con enjambres de moscas. Los zapatos se alineaban frente a las carpas, como si esperaran que alguien se los pusiera. La brisa hacía volar los periódicos por el campo. Todo estaba desolado y silencioso, excepto la cabra, que trataba de liberarse del árbol al que seguía atada.

—La migra también estuvo aquí —dijo Miguel. Salió de la camioneta, se acercó al árbol y desató la cabra.

Esperanza miró el campo que había estado lleno de gente que pensaba que podía cambiar las cosas, que trató de llamar la atención de los agricultores y el gobierno para mejorar sus condiciones de trabajo y también las de ella.

Más que nada, Esperanza deseaba que Marta y su madre estuvieran juntas, pero ya no había manera de saberlo. Quizás la tía de Marta tuviera noticias de ellas después.

Algo colorido le llamó la atención. Colgados de la rama de un árbol estaban los restos de la pequeña piñata en forma de burro que ella les había regalado a los niños. La habían golpeado con un palo, su interior estaba roto y las tiras de papel flotaban al viento.

LOS DURAZNOS

Ahora además de rezar por Abuelita y Mamá, Esperanza también rezaba por Marta y su mamá frente al altar de la gruta. Los rosales de Papá, aunque todavía eran pequeños, tenían capullos prometedores, pero no eran las únicas flores que había allí. A menudo veía que alguien dejaba un lirio, un ramillete de alelíes frente a la imagen o en la parte superior de la tina. Últimamente, Isabel se arrodillaba todas las noches después de cenar, sobre el duro suelo.

—Isabel, ¿estás rezando una novena? —preguntó Esperanza cuando la encontró nuevamente frente a la imagen por la noche—. Parece que llevas rezando por lo menos nueve días.

Isabel se incorporó y miró a Esperanza.

—A lo mejor me toca ser la Reina de Mayo. Dentro de dos semanas, habrá un festival en la escuela y se celebrará un baile alrededor de un poste envuelto en cintas de colores. La maestra elegirá a la mejor estudiante de tercer grado para que sea la reina. En este momento soy la única que saca A en todo.

—¡Entonces serás tú! —dijo Esperanza.

—Mis amigas dicen que normalmente eligen a una de las niñas que hablan inglés, las que llevan vestidos más lindos. Por eso voy a rezar todos los días.

Esperanza pensó en todos los vestidos lindos que le habían quedado pequeños en México. Le hubiera gustado dárselos a Isabel. Esperanza empezó a preocuparse porque Isabel se podría llevar una decepción.

—Bueno, aunque no seas reina, serás una linda bailarina ¿no?

—¡Oh!, Esperanza, ¡yo quiero ser la reina, como tú!

Ella se rió.

—No importa lo que pase. Tú siempre serás nuestra reina.

Esperanza la dejó rezando devotamente y entró en la cabaña.

—¿Alguna vez han elegido a una niña mexicana como Reina de Mayo? —preguntó a Josefina.

Josefina negó con la cabeza y dijo decepcionada:

—Ya pregunté. Siempre encuentran la manera de elegir a una reina güera de ojos azules.

—Pero no es justo —dijo Esperanza—, especialmente si depende de las notas.

—Siempre hay una razón. Así son las cosas —dijo Josefina—. Melina me contó que el año pasado una niña japonesa tenía las mejores notas de tercer grado y sin embargo no la eligieron.

—¿Entonces por qué dicen que depende de las notas? —preguntó Esperanza, sabiendo que no había respuesta para su pregunta. Lo sentía en el alma por Isabel.

~

Una semana más tarde, Esperanza puso otro montón de espárragos en la mesa después de regresar del trabajo. Los espárragos esbeltos parecían ser tan persistentes como el deseo de Isabel de ser reina. Los trabajadores recogieron las puntas de espárrago de los campos y unos días más tarde, los mismos campos tuvieron que ser cosechados de nuevo porque ya asomaban nuevos brotes. Isabel no hablaba de otra cosa que no fuera de la posibilidad de llevar la corona de flores en la cabeza.

—Detesto los espárragos —dijo Isabel, sin apenas levantar la vista de sus tareas.

—Durante la temporada de uvas, detestabas las uvas. Durante la temporada de papas, detestabas la papas y ahora, durante la temporada de espárragos, detestas los espárragos. Supongo que durante la temporada de duraznos detestarás los duraznos.

Isabel se echó a reír:

—No, los duraznos me encantan.

Hortensia removía una olla con frijoles y Esperanza se quitó el delantal manchado que usaba en los cobertizos y se puso otro. Empezó a medir la cantidad de harina para hacer tortillas. En unos minutos, hizo la masa que le dejó las manos como si tuviera guantes blancos.

—Mi maestra elegirá a la Reina de Mayo esta semana —dijo Isabel. Todo su cuerpo se estremecía de entusiasmo.

—Sí, ya lo dijiste —dijo Esperanza, bromeando—. ¿Tienes algo nuevo que decirnos?

—Están haciendo un nuevo campamento para los de Oklahoma —dijo Isabel.

Esperanza miró a Hortensia.

—¿Es verdad?

Hortensia asintió.

—Lo anunciaron en la reunión del campamento. El dueño de la hacienda trajo algunas cabañas de un viejo campamento militar y las van a instalar en un terreno que no está muy lejos de aquí.

—¡Tendrán retretes y agua caliente en la cabaña! ¡Y una alberca! —dijo Isabel—. Nuestra maestra nos lo dijo. Y nosotros podremos bañarnos en ella.

—Un día a la semana —dijo Hortensia, mirando a Esperanza—. Los mexicanos solamente podrán nadar los viernes por la tarde, antes de que limpien la alberca los sábados por la mañana.

Esperanza golpeó la masa con bastante fuerza.

—¿Piensan que somos más sucios que los demás?

Hortensia no contestó. Se volteó a la estufa y puso una tortilla sobre el comal plano que había en el fuego. Miró a Esperanza y se puso un dedo sobre los labios, indicándole que no discutiera demasiado delante de Isabel.

Miguel entró, besó a su madre, luego agarró un plato con una tortilla y se acercó a la olla con frijoles. Su ropa estaba cubierta de lodo seco gris.

—¿Por qué estás tan sucio? —preguntó Hortensia.

Miguel se sentó a la mesa.

—Apareció un grupo de hombres de Oklahoma. Dijeron que trabajarían por la mitad de dinero y el ferrocarril los contrató a todos—miró su plato y movió la cabeza—. Algunos ni siquiera habían trabajado antes con motores. Mi jefe dijo que no me necesitaba, que ellos les enseñarían el trabajo a los nuevos. Me dijo que si quería podía cavar zanjas o poner vías.

Esperanza levantó las manos manchadas de harina y lo miró.

—¿Qué hiciste?

—¿No lo ves en mi ropa? Cavé zanjas.

Su voz era cortante, pero continuó comiendo como si no pasara nada.

—Miguel, ¿cómo pudiste aceptar algo así? —dijo Esperanza.

Miguel levantó la voz:

—¿Qué querías que hiciera? Podía haberme marchado, pero entonces hoy no tendría paga. Esos hombres de Oklahoma también tienen familias. Todos debemos trabajar o nos moriremos de hambre.

A Esperanza le empezó a salir a la superficie un genio que no conocía. Luego, como las tuberías de riego cuando se abre la llave, su enojo estalló.

—¿Por qué tu jefe no les dijo a los otros que cavaran las zanjas? —preguntó Esperanza. Luego, miró la masa que tenía en las manos y la lanzó contra la pared. La masa se quedó pegada un instante y luego se deslizó lentamente por la superficie, dejando un rastro oscuro.

Los ojos preocupados de Isabel saltaban de Miguel a Esperanza y a Hortensia.

—¿Nos moriremos de hambre?

—¡No! —respondieron todos al mismo tiempo.

Los ojos de Esperanza echaban chispas. Salió de la cabaña dando un portazo. Pasó por delante de la rosariera y la morera y se adentró en el viñedo. Corrió por una hilera, luego se metió en otra.

—¡Esperanza!

Escuchó la voz de Miguel a lo lejos, pero no respondió. Cuando llegó al final de una hilera se volvió a meter en otra.

—¡Anza!

Ella lo oía correr por las hileras, tratando de alcanzarla. Esperanza siguió caminando más rápido con la vista fija en los árboles de tamarisco que se veían a lo lejos.

Finalmente Miguel la alcanzó y le jaló del brazo para que se volteara.

—¿Qué te pasa?

—¿Es esta la vida mejor por la que dejaste México? ¿Lo es? ¡Aquí nada es justo! Isabel nunca va a ser reina, por mucho que lo desee, porque es mexicana. Tú no puedes trabajar con motores porque eres mexicano. Fuimos a trabajar abriéndonos paso entre una multitud furiosa de nuestra propia gente que hasta nos lanzaba piedras ¡y me temo que tenían razón! Envían gente a México, aunque no sean de allá, solamente porque dicen lo que piensan. Vivimos en una cuadra de caballos. ¿Y nada de esto te preocupa? ¿Escuchaste que están construyendo un nuevo campamento con una alberca para la gente de Oklahoma? ¡Los mexicanos solamente podrán nadar un día, antes de que la limpien! ¿Sabes que los "okies" tendrán retretes y agua caliente en las cabañas? ¿Por qué, Miguel? ¿Es porque son los mejores de la tierra? ¡Dime! ¿Es esta vida realmente mejor que la de un sirviente en México?

Miguel miró por encima de las uvas hacia el horizonte donde se ponía el sol, proyectando grandes sombras sobre el viñedo. Se volvió a mirarla.

—En México yo era un ciudadano de segunda clase. Estaba parado en la otra orilla del río ¿recuerdas? Y allí me hubiera quedado toda la vida. Aquí al menos tengo una oportunidad, aunque sea pequeña, de llegar a ser algo más de lo que era. Tú, claramente, no puedes entenderlo porque nunca has vivido sin esperanza.

Frustrada, Esperanza cerró los ojos y apretó los puños con fuerza.

—Miguel, ¿es que no lo entiendes? Todavía eres un ciudadano de segunda categoría porque actúas como si lo fueras, dejando que se aprovechen de ti. ¿Por qué no vas donde tu jefe y hablas con él? ¿Por qué no te defiendes y le hablas de tus habilidades?

—Hablas como los huelguistas —dijo Miguel con frialdad—. Hay más de una manera de lograr lo que quieres en este país. Quizás tenga que ser más decidido que otros para poder triunfar, pero sé que lo lograré. Aguántate tantito y la fruta caerá en tu mano.

Las palabras la detuvieron como si la hubieran abofeteado. Eran las palabras de Papá, pero ella estaba cansada de esperar. Estaba cansada de que Mamá estuviera enferma, Abuelita estuviera lejos y Papá estuviera muerto. Al pensar en Papá, le brotaron unas lágrimas y se sintió muy fatigada, como si estuviera colgada de una cuerda y ya no pudiera sostenerse más. Sollozó con los ojos cerrados e imaginó que se caía, que el viento silbaba a su paso y no había nada debajo excepto la oscuridad.

—Anza.

"¿Podría caer otra vez en México si no volviera a abrir los ojos?"

Sintió la mano de Miguel en su brazo y abrió los ojos.

—Anza, todo se arreglará —dijo Miguel.

Esperanza se alejó de él y negó con la cabeza.

—¿Cómo lo sabes, Miguel? ¿Conoces alguna profecía que yo desconozco? Yo lo perdí todo. Todas y cada una de esas cosas me correspondían. ¿Ves estas hileras perfectas, Miguel? Son como lo que debía haber sido mi vida. Estas hileras saben adónde se dirigen, hacia adelante. Ahora mi vida es como el zigzag de la manta que tiene Mamá en la cama. Necesito traer a Abuelita, pero ni siquiera puedo enviarle mis miserables ahorros por miedo a que mis tíos se enteren y la obliguen a quedarse allí para siempre. Pago las facturas médicas de Mamá, pero el mes próximo habrá más. No puedo soportar tu esperanza ciega. ¡No quiero escuchar tu optimismo sobre las posibilidades que ofrece esta tierra cuando no veo ninguna prueba!

—Aunque las cosas estén mal, debemos seguir intentándolo.

—¡Pero no sirve de nada! Mírate. ¿Estás parado en la otra orilla del río? ¡No! ¡Todavía eres un campesino!

Miguel le lanzó una mirada dura con el rostro contraído por una mueca de indignación.

—Y tú todavía piensas que eres una reina.

～

A la mañana siguiente, Miguel se había ido.

Le dijo a su padre que iba al norte de California a buscar trabajo en el ferrocarril. Hortensia estaba preocupada y no entendía por qué se marchaba de forma tan repentina, pero Alfonso la consoló.

—Está decidido y ya tiene diecisiete años. Puede cuidar de sí mismo.

Esperanza estaba demasiado avergonzada para contarles lo que había ocurrido en el viñedo, pero sabía que la partida de Miguel era culpa suya. Cuando vio la preocupación de Hortensia, Esperanza se sintió responsable de su seguridad.

Fue a ver las rosas de Papá y cuando vio el primer brote, se le partió el corazón porque hubiera querido correr a decírselo a Miguel.

"Por favor, Virgencita —rezó—, no dejes que le pase nada o nunca me perdonaré por las cosas que le dije".

Esperanza alejó a Miguel de su mente trabajando duro y concentrándose en Isabel. Alguien llevó un gran cesto de los primeros duraznos de la temporada al cobertizo y Esperanza apartó una bolsa para llevarla a casa. Quería llevárselos a Isabel, especialmente ese día.

Mientras caminaba por la hilera de cabañas después del trabajo, vio a Isabel que la esperaba a lo lejos. Estaba sentada muy erguida, con sus pequeñas manos sobre el regazo mirando ansiosamente la hilera de cabañas. Cuando vio a Esperanza se paró de un salto y corrió hacia ella. Cuando se acercó, Esperanza vio que tenía rastros de lágrimas en sus mejillas.

Isabel se abrazó a la cintura de Esperanza.

—¡No me eligieron Reina de Mayo! —dijo, limpiándose con los pliegues de la falda—. Tenía las mejores notas, pero la maestra dijo que al elegir, había tenido en cuenta otras cosas además de las notas.

Esperanza deseó con todas sus fuerzas poder compensarla. La levantó en sus brazos y la abrazó.

—Lo siento, Isabel. Siento que no te eligieran.

La puso en el suelo, la tomó de la mano y juntas caminaron hacia la cabaña.

—¿Se lo dijiste a los demás? ¿A tu mamá?

—No —sollozó—. Aún no están en casa. Tenía que ir a casa de Irene y Melina, pero quería esperarte.

Esperanza la llevó a la cabaña y se sentó en la cama a su lado.

—Isabel, no importa que no hayas ganado. Es cierto que habrías sido una linda reina, pero solamente hubiera durado un día. Un día pasa muy rápido, Isabel, y luego termina.

Esperanza se agachó, sacó su maleta de debajo de la cama y la abrió. Lo único que quedaba adentro era la muñeca de porcelana. Se la había enseñado muchas veces a Isabel mientras le contaba cómo se la había regalado Papá. Aunque tenía algo de polvo, la muñeca seguía siendo muy linda, con una mirada llena de esperanza, como la que Isabel solía tener.

—Quiero darte algo que va a durar más de un día —dijo Esperanza. Sacó la muñeca de la maleta y se la dio a Isabel—. Y quiero que la guardes como algo tuyo.

Los ojos de Isabel se abrieron como platos.

—Oh, no… no, Esperanza —dijo, con la voz todavía temblorosa y la cara empapada de lágrimas—. Tu papá te la regaló.

Esperanza acarició el pelo de Isabel.

—¿Crees que a mi papá le hubiera gustado que estuviera encerrada en una maleta todo el tiempo y que nadie jugara con ella? Mírala. Debe sentirse sola. ¡Incluso se está llenando de polvo! Y mírame a mí. Estoy demasiado grande para muñecas. La gente se reiría de mí si me vieran con una muñeca y tú sabes cuánto detesto que la gente se ría de mí. Isabel, nos harías un favor a mi papá y a mí si le dieras tu cariño.

—¿De verdad? —dijo Isabel.

—Sí —dijo Esperanza—. Y creo que deberías llevarla a la escuela para enseñársela a todas tus amigas, ¿no crees? Estoy segura de que ninguna de ellas, ni siquiera la Reina de Mayo, ha tenido jamás una muñeca tan linda.

Isabel mecía la muñeca en sus brazos, mientras las lágrimas se secaban en su rostro.

—Esperanza, recé y recé para ser la Reina de Mayo.

—La Virgen sabía que ser reina no duraría, mientras que esta muñeca será tuya durante mucho tiempo.

Isabel asintió, mientras le asomaba una pequeña sonrisa.

—¿Qué dirá tu mamá?

Esperanza la abrazó.

—Esta semana veré al doctor y si me deja, se lo preguntaré a ella misma. Creo que Mamá se sentirá muy orgullosa de que te pertenezca—. Luego sonriendo, sostuvo la bolsa de duraznos—. A mí tampoco me gustan los espárragos.

～

Esperanza y Hortensia esperaban en el consultorio médico. Hortensia, que estaba sentada, golpeaba el piso con el pie mientras Esperanza se paseaba mirando los diplomas colgados en la pared.

Finalmente se abrió la puerta y el médico entró, fue rápidamente a su escritorio y se sentó.

—Esperanza, tengo buenas noticias —dijo—. La salud de tu mamá ha mejorado y podrá salir del hospital dentro de una semana. Todavía está un poco deprimida, pero creo que necesita estar con ustedes. Por favor, recuerden que cuando vuelva a casa tendrá que descansar para recuperar las fuerzas. Todavía existe la posibilidad de una recaída.

Esperanza empezó a llorar y reír al mismo tiempo. ¡Mamá volvía a casa! Por primera vez en los cinco meses desde que Mamá había ingresado en el hospital, sintió el corazón más ligero.

El médico sonrió.

—Ha pedido hilo y sus ganchos de tejer. Ahora, si quieren, pueden verla durante unos minutos.

Esperanza corrió por los pasillos del hospital seguida por Hortensia hasta que llegó a la cama de Mamá, donde la encontraron sentada. Esperanza le puso los brazos al cuello.

—¡Mamá!

Mamá la abrazó. Luego la apartó un poco para examinarla.

—Oh, Esperanza, cómo has crecido. Pareces tan madura.

Mamá todavía estaba muy delgada, pero no parecía tan débil. Esperanza le puso la mano en la frente y notó que no tenía fiebre.

Mamá se rió. No era una risa muy fuerte, pero a Esperanza le encantó el sonido.

Hortensia dijo que tenía buen color y le prometió comprar más hilo para cuando ella volviera a casa.

—Te costará reconocer a tu hija, Ramona. Siempre la llaman para trabajar en los cobertizos, ahora cocina y se ocupa de los bebés tan bien como su propia mamá.

Mamá estiró los brazos y estrechó a Esperanza contra su pecho.

—Estoy muy orgullosa de ti.

Esperanza también abrazó a Mamá. Cuando terminó la hora de visita, no quería marcharse, pero besó a Mamá y le dijo adiós prometiendo contarle todo tan pronto como estuviera en la casa.

～

Durante toda la semana se prepararon para la llegada de Mamá. Hortensia y Josefina limpiaron la pequeña cabaña hasta que quedó casi antiséptica. Esperanza lavó todas las mantas y puso almohadas en la cama. Juan y Alfonso pusieron cojines en una silla y sobre varias cajas a la sombra de los árboles para que Mamá pudiera descansar afuera en las tardes calurosas.

El sábado, en cuanto Esperanza ayudó a Mamá a bajar de la camioneta, esta quiso hacer una visita rápida a las rosas de Papá, y se le humedecieron los ojos cuando vio los brotes. Durante toda la tarde llegaron visitas, pero Hortensia solamente dejaba que se quedaran unos minutos y luego les pedía que se marcharan para que Mamá pudiera descansar.

Esa noche, Isabel le mostró la muñeca a Mamá y le dijo que la estaba cuidando. Mamá le dijo que pensaba que la muñeca e Isabel debían estar juntas. Cuando llegó la hora de acostarse, Esperanza se acostó con cuidado junto a Mamá, deseando no molestarla, pero Mamá se acercó y la abrazó con fuerza.

—Mamá, Miguel se marchó —susurró.

—Ya sé, mija, Hortensia me lo dijo.

—Pero Mamá, fue culpa mía. Me enfadé y le dije que todavía era un campesino y entonces se marchó.

—No creo que haya sido todo por culpa tuya. Estoy segura de que sabe que tú no querías decir algo así. Volverá pronto, no creo que pueda estar separado mucho tiempo de su familia.

Se quedaron en silencio.

—Mamá, hace casi un año que estamos separadas de Abuelita —dijo Esperanza.

—Lo sé —dijo Mamá en voz baja—. Parece imposible.

—Pero he ahorrado dinero. Muy pronto podremos traerla. ¿Quieres ver cuánto?

Antes de que Mamá pudiera responder, Esperanza encendió la luz y comprobó que no había despertado a Isabel. Se acercó de puntillas al armario y sacó su maleta. Sonrió a Mamá, sabiendo que ella se sentiría orgullosa cuando viera los giros postales. Al abrir la maleta no podía creer lo que veía. La agitó con fuerza arriba y abajo, pero la maleta estaba vacía. Los giros postales habían desaparecido.

LAS UVAS

Miguel era el único que podía haberse llevado los giros postales. Nadie lo dudó. Alfonso le pidió disculpas a Esperanza, pero Mamá dijo gentilmente que Miguel debía necesitar el dinero para llegar al norte de California. Alfonso prometió devolver el dinero, de una manera u otra y Esperanza sabía que lo haría, pero todavía estaba furiosa con Miguel. ¿Cómo se atrevió a abrir su maleta y llevarse lo que no era suyo? Y después de todo lo que ella había trabajado.

Mamá se ponía cada vez más fuerte, aunque continuaba durmiendo varias siestas al día. Hortensia se alegraba de que comiera bien y Esperanza le llevaba todos los días fruta recién recogida para alegrarla.

Unas semanas más tarde, Esperanza estaba en la sección de carga del cobertizo, maravillada ante la cantidad de duraznos, ciruelas y nectarinas que inundaban el cobertizo.

—¿Cómo podremos seleccionar tanta fruta? —preguntó.

Josefina se echó a reír.

—De una en una. Verás que se puede.

Comenzaron con los duraznos pequeños y luego con los grandes elbertas. A Mamá le encantaban los duraznos blancos, así que Esperanza separó una bolsa para ella. Luego, después del almuerzo, seleccionaron las nectarinas doradas. Por la tarde, todavía debían seleccionar un montón de ciruelas.

A Esperanza le encantaban las ciruelas de corazón de elefante. Con motas verdes por fuera y rojas como la sangre por dentro, eran ácidas y dulces al mismo tiempo. Durante el almuerzo, bajo el sol de mediados de verano, comió una inclinándose hacia delante para que el jugo no le corriera por la barbilla.

Josefina la llamó.

—¡Mira! Allí está Alfonso. ¿Qué estará haciendo aquí?

—Debe pasar algo —dijo Esperanza.

—¿Serán los bebés? —dijo Josefina y corrió hacia él.

Esperanza los vio platicar y empezó a caminar lentamente hacia ellos, dejando la fila de mujeres y los montones de cestos y ciruelas. Intentó interpretar la expresión de Josefina para ver si pasaba algo. Entonces Josefina se volvió hacia ella.

Esperanza notó que se le iba el color de la cara y de pronto supo por qué estaba allí Alfonso. Debía ser por Mamá. El médico dijo que podía tener una recaída. Seguramente le pasó algo. Esperanza se sintió de repente muy débil, pero siguió caminando.

—¿Le pasó algo a Mamá?

—No, no. No quería asustarte Esperanza, pero tienes que venir conmigo. Hortensia está en la camioneta.

—Pero es muy temprano.

—No hay problema, ya hablé con el supervisor.

Ella lo siguió al camión. Hortensia esperaba adentro.

—Recibimos un mensaje de Miguel —dijo—. Debemos encontrarnos con él en la estación de autobuses de Bakersfield a las tres en punto. Dice que viene de Los Ángeles y que debemos llevarte. Eso es todo lo que sabemos.

—Pero, ¿por qué quiere que vaya yo? —preguntó Esperanza.

—Sólo espero que sea para disculparse por lo que ha hecho.

Hacía más de cien grados. El viento caliente los azotaba dentro de la cabina. Esperanza sentía que el sudor se deslizaba por su piel. Le parecía raro ir a la ciudad en un día de trabajo, rompiendo la rutina de los cobertizos. No dejó de pensar en todas las ciruelas que las otras tendrían que empacar con menos personas.

Hortensia le apretó la mano.

—Estoy deseando verlo —dijo.

Esperanza hizo un esfuerzo para sonreír.

Llegaron a la estación de autobuses y se sentaron en un banco. Todos los trabajadores de la estación hablaban en inglés y sus palabras duras y entrecortadas no significaban nada para Esperanza. Siempre se maravillaba cuando escuchaba hablar en inglés y detestaba no saber lo que la gente decía. Algún día lo aprendería. Se esforzó por escuchar los anuncios de todas las llegadas hasta que oyó las palabras que esperaba: "Los Ángeles".

Un autobús plateado apareció por la esquina y se estacionó frente a la estación. Esperanza buscó a Miguel entre los pasajeros, pero no lo pudo ver. Ella, Hortensia y Alfonso se pararon para ver bajarse a la gente. Finalmente apareció Miguel en la puerta del autobús. Tenía aspecto cansado y la ropa arrugada, pero cuando vio a sus padres saltó de los peldaños para abrazar a su madre y luego a su padre, dándole palmadas en la espalda.

Miró a Esperanza y sonrió.

—Te traje la prueba de que las cosas mejorarán —dijo.

Ella lo miró, aparentando estar enojada. No quería que él pensara que se alegraba de verlo.

—¿Trajiste lo que robaste?

—No, pero te traje algo mejor.

Entonces se volvió para ayudar a bajar al último pasajero del autobús, una mujer pequeña y anciana que bajaba con esfuerzo los peldaños empinados. El sol se reflejaba en el brillante autobús y deslumbraba a Esperanza. Se puso la mano sobre los ojos para hacer sombra, mientras intentaba descifrar de qué hablaba Miguel.

Durante un momento vio un fantasma, el fantasma de Abuelita que caminaba hacia ella, con una mano extendida y la otra agarrada a un bastón de madera.

—Esperanza —dijo el fantasma.

Oyó que Hortensia contenía la respiración.

De repente, Esperanza supo que sus ojos no la engañaban. Su garganta se bloqueó y sintió que no podía moverse.

Abuelita se acercó. Era pequeña y estaba muy arrugada, con mechones de pelo blanco que le salían del moño que llevaba en la nuca. Su ropa estaba arrugada por el viaje, pero tenía el mismo pañuelo de encaje en la manga del vestido y sus ojos brillaban con lágrimas. Esperanza intentó decir su nombre, pero no pudo. La emoción la ahogaba. Solamente pudo abrazarse a su abuela y hundir la cabeza en el aroma familiar de polvos, ajo y menta.

—¡Abuelita, Abuelita! —dijo llorando.

—Aquí estoy, mi nieta. ¡Cuánto te extrañé!

Esperanza la meció en sus brazos, atreviéndose a creer que era verdad, mirándola a través de las lágrimas para asegurarse de que no estaba soñando. Y finalmente empezó a reír agarrándole las manos. Luego les llegó el turno a Hortensia y a Alfonso.

Esperanza miró a Miguel.

—Pero, ¿cómo?

—Necesitaba hacer algo mientras esperaba un empleo, así que fui a buscarla.

Después de llegar al campamento, escoltaron a Abuelita hasta la cabaña donde encontraron a Josefina, Juan y los bebés que los esperaban.

—Josefina, ¿dónde está Mamá?

—Hacía tanto calor que la llevamos afuera, a la sombra. Se durmió. Isabel está sentada con ella. ¿Pasa algo?

Hortensia presentó a Abuelita a Juan y Josefina, cuyas caras se iluminaron. Esperanza luego vio a su abuela mirar la diminuta habitación con los objetos que formaban parte de su nueva vida: dibujos de Isabel en la pared, un frutero con duraznos sobre la mesa, los juguetes de los bebés en el piso, las rosas de Papá en una lata de café. Esperanza se preguntó qué pensaría Abuelita de sus tristes condiciones, pero ella solamente sonrió y dijo:

—Por favor, llévenme donde está mi hija.

Esperanza tomó la mano de Abuelita y la llevó hacia los árboles. Vio a Mamá descansando a la sombra, junto a la mesa de madera. Cerca, en el suelo, había una colcha donde jugaban normalmente los bebés. Isabel volvía corriendo de la viña con las manos llenas de flores silvestres y parras. Vio a Esperanza y corrió hacia ella y Abuelita.

Isabel se detuvo frente a ellas, con la cara roja, sonriendo.

—Isabel, esta es Abuelita.

Isabel abrió los ojos como platos y se quedó boquiabierta por la sorpresa.

—¿Es verdad que camina sin zapatos sobre las uvas y lleva piedras lisas en los bolsillos?

Abuelita se echó a reír. Buscó en la profundidad del bolsillo de su vestido, sacó una piedra plana y lisa y se la dio a Isabel. Ella la miró maravillada y le dio a Abuelita las flores silvestres.

—Creo, Isabel, que tú y yo seremos buenas amigas ¿no?

Isabel asintió y se hizo a un lado para que Abuelita pudiera ir junto a su hija.

No había manera de preparar a Mamá.

Esperanza vio a Abuelita caminar hacia Mamá, que estaba durmiendo a la sombra. El viñedo con uvas maduras a punto de caer servía de marco a Mamá.

Abuelita se detuvo a unos cuantos pies de Mamá y la contempló.

Mamá tenía a un lado un montoncito de carpetas de encaje, hilo y ganchos de tejer. Abuelita extendió la mano y le acarició el pelo, despejando con suavidad los mechones sueltos de la cara de Mamá y alisándolos contra la cabeza.

Suavemente, Abuelita dijo:

—Ramona.

Mamá no abrió los ojos, pero dijo como si estuviera soñando:

—¿Esperanza, eres tú?

—No, Ramona. Soy yo, Abuelita.

Mamá abrió lentamente los ojos. Se quedó mirando a Abuelita sin reaccionar, como si en realidad no la estuviera viendo. Luego levantó la mano y la extendió para tocar el rostro de su madre y comprobar si era cierto lo que veía.

Abuelita asintió.

—Sí, soy yo. Ya vine.

Abuelita y Mamá murmuraron palabras ininteligibles llenas de exclamaciones para expresar su alegría y sus emociones abrumadoras. Esperanza las vio llorar y se preguntó si su propio corazón no estallaría de felicidad.

—Oh, Esperanza —dijo Isabel, saltando de arriba a abajo y aplaudiendo—, el corazón me baila.

Esperanza apenas susurró:

—El mío también.

Luego, agarró a Isabel y dio vueltas con ella en los brazos.

Mamá no soltaba a Abuelita. Se incorporó en el asiento, hizo que Abuelita se sentara a su lado y la abrazó como si fuera a desaparecer.

De repente, Esperanza recordó su promesa, corrió a la cabaña y volvió llevando algo en los brazos.

—Esperanza —dijo Abuelita—, ¿será esa mi manta? ¿La terminaste?

—Todavía, no —dijo extendiendo la manta.

Mamá sostuvo un extremo y Esperanza jaló del otro. Se extendía desde la rosariera hasta la morera. Podía cubrir tres camas. Todos se rieron. Todavía había hilo esperando que se terminara la última hilera.

Cuando Mamá pudo finalmente hablar, miró a Abuelita y le preguntó lo mismo que Esperanza le había preguntado:

—¿Cómo llegaste aquí?

—Miguel vino a buscarme —dijo Abuelita—. Luis y Marco se pusieron muy pesados. Cuando iba al mercado, me seguía uno de sus espías. Creo que pensaban que estabas todavía en la zona y que algún día vendrías a buscarme.

Diez puntos hasta la cima de la montaña.

Esperanza escuchó a Abuelita contar a Mamá lo furioso que se puso tío Luis cuando descubrió que se habían marchado. Estaba obsesionado con la idea de encontrarlas y había preguntado a todos sus vecinos, entre ellos al Sr. Rodríguez. Incluso había ido al convento a interrogar a las monjas, pero nadie le dijo nada.

Suma un punto.

Unos meses después de marcharse, Abuelita presintió que a Mamá le pasaba algo. Ese presentimiento no desaparecía, así que durante meses estuvo prendiendo velas y rezando para que estuvieran a salvo.

Nueve puntos hacia abajo hasta el fondo del valle.

Entonces, un día, cuando casi había perdido toda esperanza, encontró en el jardín un pájaro herido que no creyó que volviera a volar; pero a la mañana siguiente cuando se acercó, el pájaro alzó el vuelo. Supo que era una señal de que aquello que no iba bien, ahora estaba mejor.

Salta un punto.

Entonces, una de las monjas le llevó una nota que alguien le había dejado en la alcancía para los pobres. Era de Miguel. Sospechaba que a Abuelita la vigilaban, así que al anochecer le dejó una nota explicándole su plan.

Diez puntos hasta la cima de la montaña.

Miguel y el Sr. Rodríguez llegaron a medianoche y la llevaron a la estación de tren. Todo fue muy emocionante. Y Miguel no se apartó de su lado durante todo el viaje y la llevó hasta allá.

Suma un punto.

Le dijo que Ramona y Esperanza la necesitaban.

—Tenía razón —dijo Mamá con los ojos llenos de lágrimas otra vez, mirando agradecida a Miguel.

Montañas y valles. Montañas y valles. Tantas montañas y tantos valles, pensó Esperanza. Cuando un cabello cayó en su regazo, lo recogió y lo tejió con el resto de la manta para que toda la felicidad y la emoción que sentía en ese momento durara para siempre.

Cuando Esperanza le contó a Abuelita todo lo que les había pasado a ellas, relató la historia sin referirse a las estaciones del año, sino, como un trabajador del campo, a las verduras y las hortalizas y lo que había que hacer en la tierra en esa temporada.

Habían llegado al valle al final de la temporada de uvas: thompson sin semillas, málagas rojas y las ribiers negras y azuladas. Mamá aspiró el polvo al final de la temporada de las uvas y se enfermó. Luego vino el momento de recoger la vendimia y prepararse para la temporada de las papas. La temporada de las papas transcurrió en lo más intenso del invierno, cuando el frío calaba los huesos. Y durante la temporada de los ojos de papa, Mamá ingresó en el hospital. No mencionaba los meses por su nombre. Sólo hablaba de temporadas de atar troncos en medio de los fantasmas de las uvas y días grises y fríos. Pero después llegaron las primeras señales de la primavera y un valle lleno de necesidades: espárragos elegantes, vides que maduraban y árboles que crujían. Llegaron los duraznos, los grillos empezaron a ofrecer sus sinfonías nocturnas en el campo y Mamá volvió a casa. Abuelita llegó en la temporada de las ciruelas. Y ahora los viñedos ofrecían otra cosecha y Esperanza cumplía años.

Unos días antes de su cumpleaños, Esperanza le pidió a Miguel que la llevara al pie de las colinas antes del amanecer. Quería hacer algo. Se levantó en la oscuridad y salió de puntillas de la cabaña.

Siguieron la carretera que iba hacia el este y se detuvieron al no poder avanzar más.

Bajo la luz gris vieron un pequeño camino que conducía a una planicie.

Cuando llegaron arriba, Esperanza miró el valle. El aire fresco del amanecer le inundó los sentidos. Abajo veía los tejados blancos de las cabañas, colocadas en hileras rectas; los campos empezaban a cobrar forma y más allá de las montañas del este se veía un brillo esperanzador.

Se agachó y tocó la hierba. Estaba fría, pero seca. Se acostó boca abajo y dio unos golpecitos en la tierra.

—Miguel, ¿sabías que si te acuestas en el suelo y te quedas muy quieto puedes escuchar latir el corazón de la tierra?

Miguel la miró con escepticismo.

Ella golpeó la tierra de nuevo.

Entonces él se acostó como Esperanza, con la cara vuelta hacia ella.

—¿Ocurrirá pronto, Esperanza?

—Aguántate tantito y la fruta caerá en tu mano.

Miguel sonrió asintiendo.

Se quedaron quietos.

Esperanza miró a Miguel que también la miraba a ella.

Y entonces lo sintió. Empezó muy suave, un latido que se repetía bajito. Luego más fuerte. Ella también lo oyó. *Tom, tom, tom*. El latido de la tierra. Tal como lo había escuchado aquel día con Papá.

Miguel sonrió y ella supo que él también lo oía.

El sol se asomó por el borde de un peñasco distante y el alba estalló sobre los campos. Esperanza sintió una cálida brisa. Se volteó hacia el cielo y se quedó mirando las nubes teñidas de color rosado y anaranjado.

A medida que el sol subía, Esperanza empezó a sentir como si ella también se elevara. Flotaba de nuevo, como aquel día en la montaña cuando llegó al valle. Cerró los ojos y esta vez no perdió el control, sino que planeó sobre la tierra sin ningún miedo. Se dejó elevar hasta el cielo y supo que no caería. Supo que nunca perdería a Papá, ni El Rancho de Las Rosas, ni a Abuelita ni a Mamá, pasará lo que pasara. Era como había dicho Carmen, la mujer del tren que vendía huevos: tenía su familia, un jardín lleno de rosas, su fe y los recuerdos de aquellos que habían partido antes que ella. Pero ahora tenía incluso más y eso hacía que se elevara como si tuviera las alas del ave fénix. Volaba con sueños que nunca supo que tenía: sueños de aprender inglés, de ayudar a su familia, de poder comprar algún día una pequeña casa. Miguel tenía razón cuando dijo que nunca había que darse por vencido y ella también había tenido razón al pensar que debían elevarse por encima de aquellos que los mantenían abajo.

Planeó muy alto, por encima del valle, una depresión rodeada de montañas. Pasó por encima de las rosas de Papá, flotando sobre los brotes que recordaban toda la belleza que habían visto. Saludó con la mano a Isabel y Abuelita, que caminaba descalza por los viñedos y llevaba una corona de hojas de parras en el pelo. Vio a Mamá sentada sobre una manta con hileras de colores en zigzag. Vio a Marta y su mamá caminado de la mano bajo los almendros. Luego voló sobre un río, un torrente tumultuoso que corría por las montañas. Y allí, en mitad de ese paisaje abigarrado había una niña con un vestido azul de seda y un niño peinado con brillantina que comían mangos con forma de flores exóticas en un palo, sentados en el pasto, en la misma orilla del río.

Esperanza le dio la mano a Miguel y este se la tomó y, aunque su mente volaba por infinitas posibilidades, la mano de Miguel la ayudó a mantener su corazón en la tierra.

~

"Estas son las mañanitas que cantaba el rey David
a las muchachas bonitas, se las cantamos aquí.
Despierta, mi bien, despierta. Mira que ya amaneció.
Ya los pajaritos cantan, la Luna ya se metió."

En la mañana de su cumpleaños, Esperanza escuchó que cantaban al pie de su ventana. Reconoció las voces de Miguel, Alfonso y Juan. Se incorporó en la cama y se quedó escuchando. Sonrió y levantó la cortina. Isabel se subió a su cama y miró también por la ventana, abrazada a la muñeca. Las dos lanzaron besos a los hombres que cantaban la canción de cumpleaños. Luego, Esperanza les hizo señas para que entraran, no para abrir regalos sino porque ya olía el aroma del café en la cocina.

Se reunieron a desayunar: Mamá y Abuelita, Hortensia y Alfonso, Josefina y Juan, los bebés e Isabel. Irene y Melina también llegaron con su familia y Miguel. No fue exactamente como los cumpleaños pasados, pero fue una auténtica celebración bajo la morera y con los nuevos brotes de las rosas del jardín de Papá. Aunque no había papayas, hubo melones, limones y ensalada de coco. También hubo machaca y tacos coronados con muchas risas y bromas. Al final de la comida, Josefina trajo el flan de almendras, el postre favorito de Esperanza, y todos volvieron a cantar la canción de cumpleaños.

Isabel se sentó junto a Abuelita en la mesa de madera. Las dos tenían ganchos de tejer y un ovillo de hilo.

—Observa, Isabel. Diez puntos arriba hasta la cima de la montaña.

Abuelita tejió una muestra e Isabel imitó cuidadosamente sus movimientos.

El gancho se movía torpemente y después de varias hileras, Isabel le mostró su trabajo a Esperanza.

—¡Las mías están todas torcidas!

Esperanza sonrió, extendió la mano y jaló suavemente del hilo, deshaciendo el tejido desigual. Luego miró a los ojos confiados de Isabel y dijo:

—Nunca temas empezar de nuevo.

Nota de la autora

Todavía veo a mi abuela tejiendo mantas con hileras en zigzag. Tejió una para cada uno de sus siete hijos, para muchos de sus veintitrés nietos (yo soy la mayor de sus nietos) y para los bisnietos que llegó a conocer. Mi abuela, Esperanza Ortega, fue la inspiración de este libro.

Cuando yo era chica, mi abuela solía hablarme de cómo era su vida cuando vino de México a Estados Unidos. Me contaba historias sobre el campamento agrícola de la compañía donde vivió y trabajó, y de los buenos amigos que hizo allí para toda la vida. A veces lloraba al recordar a esas personas y cómo la habían ayudado en momentos desesperados. Yo ya tenía hijos cuando mi abuela me contó de su vida en México, una existencia de cuentos de hadas con sirvientes, riquezas y esplendor, que había precedido a su vida en el campamento agrícola. Anoté algunos de los recuerdos de su infancia. Ojalá hubiera tomado más notas antes de su muerte porque nunca pude dejar de preguntarme cómo habría sido su transición desde México a California. Finalmente, acabé imaginando una historia basada en la niña que ella debió ser.

Esta historia ficticia es paralela a su vida en algunos aspectos. Mi abuela nació y creció en Aguascalientes, México. Sus padres fueron Sixto y Ramona Ortega. Vivía en El Rancho de la Trinidad (que cambié a El Rancho de las Rosas) y sus tíos ocupaban puestos de relevancia en la comunidad. Una serie de circunstancias, entre ellas la muerte de su papá, la obligaron a emigrar a Estados Unidos a un campamento agrícola, propiedad de una compañía, en Arvin, California. A diferencia de Esperanza, mi abuela ya estaba casada con mi abuelo, Jesús Muñoz, cuando emigraron a California. Al igual que Miguel, él había sido el mecánico de su papá. En el campamento mexicano, vivió con mi abuelo de forma muy parecida a los personajes de este libro. Lavaba la ropa en tinas comunales, iba a "jamaicas" los sábados por la noche y cuidaba a sus tres primeras hijas. Allí nació mi mamá, Esperanza Muñoz.

A principios de la década del 1930 hubo muchas huelgas en los campos agrícolas de California. Los dueños de los campos a menudo expulsaban a los huelguistas, obligándolos a vivir en campamentos de refugiados, a veces en granjas de las afueras de los pueblos. Los dueños de los campos de cultivo eran muy poderosos y a veces tenían influencia en los gobiernos locales. En el condado de Kern, los alguaciles arrestaban a los huelguistas por obstruir el tráfico, aunque las carreteras estuvieran desiertas. En el condado de Kings, un mexicano fue arrestado por hablar en español a un grupo de personas. A veces las huelgas fracasaban, especialmente cuando llegaban muchas personas de Oklahoma, desesperadas por trabajar por cualquier salario. En otros casos, las fuertes protestas de muchas personas cambiaron aquellas condiciones de trabajo tan lamentables.

La repatriación de mexicanos es una parte real y a menudo ignorada de nuestra historia. En marzo de 1929, el Gobierno Federal aprobó la Ley de Deportación que permitía a los condados enviar a gran cantidad de mexicanos de regreso a México.

Los funcionarios del gobierno pensaban que eso resolvería el desempleo ocasionado por la Gran Depresión, pero no fue así. Los funcionarios del condado de Los Ángeles, California, organizaron "trenes de deportación" y la Oficina de Inmigración hacía "redadas" en el Valle de San Fernando y Los Ángeles, arrestando a todo aquel que parecía mexicano, sin importar que fuera o no ciudadano de Estados Unidos. Muchos de los que fueron enviados a México habían nacido en Estados Unidos y nunca habían estado en México. La cantidad de mexicanos deportados durante la llamada "repatriación voluntaria" fue mayor que la reubicación de los indígenas americanos durante el siglo XIX y la de los estadounidenses de origen japonés durante la Segunda Guerra Mundial. Hoy en día sigue siendo la migración forzosa más grande de Estados Unidos. Entre 1929 y 1935 al menos 450.000 mexicanos y méxico-americanos fueron enviados a México. Algunos historiadores piensan que fueron cerca de un millón.

Aunque mi abuela vivió en este país durante más de cincuenta años, todavía recuerdo el temblor y el sudor nervioso que tenía cuando entregaba su pasaporte en la aduana de Estados Unidos al regresar de un viaje de compras en Tijuana. Siempre temió que la fueran a enviar a México por cualquier motivo, aunque las repatriaciones ya habían terminado hacía mucho tiempo.

Mi padre, Don Bell, llegó a California procedente del oeste medio en la época de la sequía (*Dust Bowl*) e, irónicamente, trabajó en la misma compañía agrícola donde nació mi madre. Mi abuela se había trasladado con su familia a una casa pequeña en Bakersfield, en la calle P, número 1030. Mamá y Papá no estaban destinados a encontrarse todavía. Papá tenía doce años cuando recogía papas durante la Segunda Guerra Mundial con la "cuadrilla del pañal", niños a los que se les pagaba por recoger la cosecha debido a la falta de trabajadores durante la guerra. Mi papá contaba que los niños no eran siempre trabajadores diligentes y admite que a menudo lanzaba bolas de lodo a sus compañeros en lugar de recoger papas. Más tarde, cuando cumplió dieciséis años, pasó un verano trabajando en la misma compañía como camionero, llevando y trayendo a los trabajadores a los campos de cultivo.

Un gran porcentaje de la producción agrícola de nuestra nación proviene de esta región de California, donde hace calor en verano y frío en invierno. Hay tormentas de arena y nubes de tule y algunas personas se enferman con la fiebre del valle. Antes de casarme tuve que someterme a un análisis de sangre, obligatorio en San Diego, donde viví durante mis años de universidad. El médico me llamó urgentemente porque había encontrado algo en los resultados. Me quedé preocupada pensando que se trataba de algo grave, hasta que me dijo: "El análisis ha dado positivo a una enfermedad llamada fiebre del valle".

Dejé escapar un suspiro de alivio. Yo crecí con grandes cestos de uvas en la mesa de la cocina. Recogí ciruelas, duraznos, albaricoques, nectarinas, caquis, almendras, nueces y pacanas de los árboles del patio. Todos los años, en agosto, veía en el suelo las uvas para hacer uvas pasas de la misma manera en que se han hecho por generaciones. Mi abuela o los vecinos dejaban en la puerta de casa limones, tomates o calabazas que habían recogido en la huerta. Nunca sentí ningún síntoma de la fiebre del valle. La única fiebre que recuerdo es el afecto ardiente por mis orígenes y mis pertenencias.

—Claro que ha dado positivo —le dije al médico—. Yo crecí en el Valle de San Joaquín.

Sabía que me había inmunizado de forma natural contra la enfermedad del valle simplemente por vivir allí y respirar el aire.

Mi familia abriga sentimientos profundos, llenos de lealtad por el campamento que los ayudó a iniciarse en este país y le dio empleo en un momento en el que muchos estaban desocupados. La mayoría de las personas que entrevisté y que vivieron en el mismo campamento de mi abuela no guardan rencor a la gente de Oklahoma ni a otra gente que compitió con ellos por sus empleos en aquella época. Un hombre que entrevisté me dijo: "Todos éramos muy pobres. Los "okies" y los filipinos también eran pobres. Todos queríamos trabajar y alimentar a nuestras familias. Por eso a muchos de nosotros nos resultaba muy difícil ir a la huelga".

Cuando pregunté si había prejuicios, me dijeron: "Claro que había prejuicios, horribles prejuicios, pero así eran las cosas entonces".

Muchos lucharon para poder poner comida en la mesa y a veces parecían resignados ante los problemas sociales de la época. Se concentraron solamente en sobrevivir y pusieron sus esperanzas y sueños en el futuro de sus hijos y sus nietos.

Eso es lo que hizo mi abuela. Sobrevivió. Todos sus hijos aprendieron inglés y ella también. Algunos de sus hijos fueron a la universidad. Uno llegó a ser un atleta profesional; otro, miembro del Ministerio de Asuntos Exteriores de los Estados Unidos; otros fueron secretarios, y hubo un escritor y un contador. Y sus nietos son periodistas, trabajadores sociales, floristas, maestros, editores de películas, abogados, propietarios de pequeños negocios y otra escritora: yo.

Nuestros logros fueron sus logros. Ella nos deseó lo mejor a todos y muy pocas veces se detuvo a pensar en las dificultades de su propia vida.

No en vano su nombre era Esperanza.